Katrin Bongard

# MANHATTAN Magic

PINK • Ein Imprint von Oetinger Taschenbuch

Außerdem von Katrin Bongard bei PINK erschienen:

**Subway Sound**
**Street, Art, Love**

PINKpressum

**PINK** • Ein Imprint von Oetinger Taschenbuch

1. Auflage 2015


Umschlaggestaltung: Zero, München
unter Verwendung von Motiven von
© Getty Images/Olivier Renck (Mädchen) und
© Finepic (Hintergrund)
Textauszüge S. 67 © 1978 Mick Jagger und Keith Richards/
EMI Music Publishing, Universal Music Publishing Group
Druck: GGP Media GmbH, Pößneck
ISBN 978-3-86430-044-8

FSC www.fsc.org MIX Papier aus verantwortungsvollen Quellen FSC® C014496

**www.pinkupyourlife.de**

# Ronja

»GEHEN ZWEI JOURNALISTEN an einer Kneipe vorbei«, sage ich und sehe meinen Vater an. Kein Lachen. Noch nicht mal ein leicht hochgezogener Mundwinkel. Immerhin ein Witz über seine Berufsgruppe, während ihm nur Ostfriesenwitze eingefallen sind.

»Das ist der Witz!«, füge ich hinzu. »Mehr kommt da nicht.«

Er grinst endlich, wenn auch etwas müde und angestrengt. Nach sechs Stunden Flug, diversen ungeordneten Pausen mit Mahlzeiten (kalt, warm und geschmacksfrei), drei Filmen auf dem Minidisplay im Vordersitz und einem Liebesroman, den ich auf meinem Kindle gelesen habe, sind mir die Ideen zur Überbrückung echt ausgegangen. Witze erzählen hält einen wenigstens wach, dachte ich, denn in dem dröhnenden Flugzeug auf einem winzigen Platz ohne Beinfreiheit zu schlafen, habe ich schon längst aufgegeben. Außerdem bin ich viel zu aufgeregt. Noch zwei Stunden, und wir sind da. **New York!**

»Nächstes Mal erste Klasse«, sage ich. »Hast du gesehen,

dass die richtige Kojen haben? Wie viel kosten denn die Tickets?«

»Zu viel. Jedenfalls für meinen Arbeitgeber«, brummt mein Vater und schließt die Augen.

Er kann doch jetzt nicht schlafen! Geht ja wohl gar nicht.

»Vielleicht wird dein Reiseführer für Jugendliche ja ein Megaerfolg. Ein Bestseller.«

Er seufzt. »Reiseführer werden keine Bestseller. Noch nicht mal Longseller, weil sie irre schnell veralten. Tja, sorry, Ronny.«

Da ist er mal wieder. Der Moment, in dem ich mich frage, warum mein Vater nicht endlich einen Roman schreibt. Ich meine, er hat Literatur studiert. Im Journalismus ist er nur zufällig gelandet. Und ich weiß, dass er schon heimlich damit angefangen hat. Unter seinen Hemden in der Kommode im Schlafzimmer liegen etwa fünfzig Seiten.

Ich habe sie gelesen und geweint, was auch daran lag, dass sie vom Tod meiner Mutter handeln. Ein Unfall. Und obwohl ich schon zehn war, ist die Erinnerung an den Tag sehr verschwommen. Mein Vater meinte, ich hätte mir erst die Ohren und dann die Augen zugehalten, als er mir davon erzählt hat. Okay, wer will hören, dass seine Mutter einfach so, auf dem Nachhauseweg, auf dem Fahrrad, angefahren wird und stirbt? Das kann nur ein Versehen gewesen sein, weshalb ich oft stundenlang Diskussionen mit dem höheren Prinzip führe, was vielleicht dafür verantwortlich sein könnte. Nein, ich sage nicht Gott dazu, denn den kann ich definitiv nicht dafür verantwortlich machen. Gott ist in meinen Augen gnädig und weise. Ich kann mir eigentlich nur vorstellen, dass irgendein gestresster und vollkommen verplanter Schutzengel an diesem Tag verschlafen hat. Mächtig verschlafen. Meine Mutter sollte nicht sterben. Punkt. Aber es ändert nichts daran, dass ich seit fünf Jahren ohne sie leben muss. Genau wie mein Vater.

Gleich nach dem Unfall habe ich ihn oft nachts im Schlafzimmer meiner Eltern weinen hören. Ich habe dann in meinem Bett gesessen, in die Dunkelheit gestarrt und mitgeweint. Ich vermisse meine Mutter ständig, obwohl mein Vater ein toller Vater ist und sich sehr bemüht, sie zu ersetzen. In ganz vielen Bereichen klappt das auch, aber eine Mutter ist ja nicht nur eine Mutter, sondern auch eine Frau. Es wäre schön, wenn sie zum Beispiel manchmal da wäre, um mir ein paar Dinge über die Männer zu erklären. Zum Beispiel, warum sie so wenig reden. Wenn ich nichts sagen würde, würden Paps und ich uns die meiste Zeit anschweigen. Schweigend essen, schweigend Filme ansehen, schweigend im Auto sitzen. Oder im Flugzeug.

Ich stupse ihn an. »Okay, erzähl mir noch mal, wo wir genau wohnen werden? Also nicht **Manhattan**?«

Was eine kleine Enttäuschung ist, denn mit New York ist es doch so: Es ist eine riesige Stadt, aber wenn wir New York sagen, meinen wir immer nur diese Zunge, die man auf den Luftaufnahmen sieht, mit den Hochhäusern an der Spitze und dem Central Park am anderen Ende und dazwischen eben – **New York**. Alles andere mag ja noch zu New York gehören, ist aber eigentlich nicht das, was wir meinen.

»Brooklyn«, sagt Paps, ohne die Augen zu öffnen.

Das meine ich. Ein Wort? Hallo?

Als wir einreisen, scannt man unsere Fingerabdrücke, und es wird ein Foto von uns gemacht. Ich finde, das sieht ganz schön nach Paranoia aus und überhaupt nicht so, als ob wir in das **Land der unbegrenzten Freiheit** einreisen würden.

»9 / 11, sie sind einfach vorsichtiger geworden«, sagt mein Vater, der mir erzählt hat, dass er in den 80er-Jahren einfach so in das Land gestolpert ist, ohne diese ganzen Sicherheitschecks. Allerdings hatte er einen Apfel dabei, den er gleich mal wegwerfen konnte, weil man Nahrungsmittel nicht einführen durfte. Schon damals. Also, ich sag mal, da waren die Anfänge der Paranoia schon erkennbar.

Wir gehen zum Taxistand und stellen uns brav hinter all den Leuten an, die in die Stadt wollen.

»Und woher kennst du die Frau noch mal, bei der wir wohnen werden?«

»Von früher. Wir haben mal bei der gleichen Zeitung gearbeitet.«

»Ist sie Single?«

Das ist eine sehr wichtige Frage, die ich immer stelle, wenn mein Vater irgendeine Frau erwähnt. Vielleicht habe ich zu viele Märchen mit Stiefmüttern gelesen, von denen ja nie etwas Gutes gesagt wird, daher will ich möglichst schnell wissen, woran ich bin. Okay, **meine** Paranoia.

»Geschieden. Mehr weiß ich nicht.«

»Kinder?«

»Ein Sohn in deinem Alter, aber der ist verreist.«

Hm. Jetzt erinnere ich mich, dass ich das alles schon einmal gehört habe, als er mir von seiner Geschäftsreise erzählt hat. Recherche für einen Jugendreiseführer über New York. Aber als er damals **New York** sagte, habe ich angefangen zu kreischen und die Details dann wohl nicht mehr so genau mitbekommen.

»Seid ihr Freunde?«

Mein Vater reißt unschuldig die Augen auf. Ich kenne den Blick. So eine Mischung aus arglos und gespielt überrascht. »Nein, Ronny. Nur Bekannte.«

Ich beruhige mich wieder. Nur Bekannte also, keine Gefahr.

Ich sehe aus den Augenwinkeln zu meinem Vater, der gerade sehr müde aussieht, was ihn aber nicht unattraktiv macht, eher verletzlich, und darauf stehen die meisten Frauen. Das weiß ich, da er im letzten Jahr mal eine mit nach Hause gebracht hat, die dauernd davon geredet hat, dass er Erholung brauche (einen Urlaub mit ihr und ohne mich) und mehr Zeit für sich (also eigentlich für sie und ohne mich).

Seine Haare sind länger, er hat einen Dreitagebart, der ihm anscheinend über Nacht gewachsen ist, und sein Parka ist leicht zerknittert. Wenn ich ein wenig die Augen zukneife, sieht er aus wie Rufus Humphrey aus *Gossip Girl*. Ein ehemaliger Rockstar, der sein Musikerleben aufgegeben hat, um seine Kinder aufzuziehen. Ähnlichkeiten gibt es schon einige. Immerhin hat mein Vater seine feste Journalistenstelle aufgegeben, um sein Kind – also mich – aufzuziehen. Allerdings nein, ich sehe nicht wie Rufus' Tochter Jenny Humphrey aus, ganz und gar nicht. Ich bin kein superdünnes Modepüppchen mit superblonden Haaren, sondern eher die weibliche Variante ihres Bruders Dan Humphrey. Braune, halblange Haare, eher groß, und was den Kleidungsstil angeht – Jeans und T-Shirt und mein geliebter Hoodie, der so etwas wie ein Rückzugsort für mich ist. Wenn ich mich einsam fühle oder überfordert bin, setze ich einfach meine Kapuze auf, und alle lassen mich in Ruhe. Make-up? Nope. Obwohl ich in letzter Zeit ein wenig mit Wimperntusche und Lipgloss herumexperimentiere, die Geschmacksrichtungen *Kirsche* und *Himbeere* toll finde und gerne ablutsche, aber nicht weiß, was genau das für die Lippen bringen soll.

Ich stehe weniger auf Make-up und Mode und eher auf Bücher und Sport. Und – Filme. Am liebsten sehe ich Serien. Mein ganzes Wissen über New York stammt aus Serien: *Gossip Girl, Sex and the City, New Girl, Two Broke Girls.* Die sehe ich fast immer mit Sonja zusammen, die schon eher wie Jenny Humphrey aussieht, auch wenn sie nicht ganz so dünn ist. Als beste Freundin und Expertin in allen Mode- und Make-up-Fragen hat sie mir kurz vor meiner Abfahrt noch den **Ombré-Look** verpasst. Der letzte Schrei, meinte Sonja, und den habe ich dann auch von mir gegeben, als ich mich im Spiegel angesehen habe. Es sieht aus, als hätte man sich seine dunklen Haare blond gefärbt, wäre dann in einen fünfjährigen Schlaf gefallen und aufgewacht, um festzustellen, dass die blonden Haare bis zu den Ohren herausgewachsen sind. Ich hatte mir das eleganter vorgestellt. *Ombré* hört sich für mich mehr nach etwas sehr Subtilem an, aber nein, das ist es nicht. Eher auffällig.

»Was hast du mit deinen Haaren gemacht?« war der Kommentar meines Vaters. Ich hoffe, das fragen sich nicht auch alle anderen.

Wir sind am Anfang der Warteschlange angekommen, und einer der Taxiverteiler, die Dispatcher heißen, was sich natürlich superviel cooler anhört, fragt, wohin wir wollen.

»Brooklyn«, sagt mein Vater, und ich finde, das klingt schon wieder viel uncooler als Manhattan. Aber nun gut, also **Brooklyn**. Immerhin wohnen die Humphreys auch dort.

# Jonathan

ES IST AUS. Ich sage mir das ganz nüchtern, obwohl in mir ein schrecklicher Kampf tobt und es nicht sicher ist, ob meine physische Existenz das überleben wird. Ein wenig Abstand, hat Cheyenne gesagt, aber jetzt sitzt sie auf dem Schoß von einem Typen, der bestimmt schon achtzehn ist und sofort mit ihr Sex haben will. Ich sehe das an seinen gierigen Blicken und seinen Grapschehänden, die er um ihre Hüften gelegt hat. Das ist doch kein Abstand! Aber schon klar, sie meinte Abstand von mir, von dem Typen, dem Spinner, dem Deutschen. Der Typ, der ihr die Welt zu Füßen gelegt hätte. Nur mal so.

Ich stehe auf und strecke mich. Lässig, Jona, nur nichts anmerken lassen.

Das besonders Grausame ist, dass sie nicht warten konnte, bis wir dieses Sommercamp beendet haben, an dem ich nie teilgenommen hätte, wenn sie mich nicht dazu überredet hätte. Jetzt muss ich hier noch fast eine Woche bleiben und ihr dabei zusehen, wie sie mein Herz in kleine Stücke zerhackt.

»Hey, Jona, care for a drink?«

Alex. Ein Typ, der irgendwo Alkohol versteckt hat und damit hier so gute Geschäfte macht, dass er sich wahrscheinlich nach den Ferien ein Haus von den Einkünften kaufen kann. Ich mag ihn nicht besonders. Irgendwann wird er mit seiner Geschäftstüchtigkeit vielleicht einen Großkonzern leiten, aber wie er da hinkommt, möchte ich lieber nicht wissen. Im Camp ist Alkohol streng verboten. Und zwar so streng verboten, dass man Camp-Arrest bekommt, wenn man auch nur mit einem Bier erwischt wird, und sofort zurückfahren muss, wenn sie merken, dass man betrunken ist.

Moment mal.

»Yeah!«

Alex ist natürlich begeistert. Ein Kunde! Ich folge ihm aus der Gemeinschaftshütte nach draußen zu seinem Zelt, wo er eine kleine Schaufel holt. Er winkt mir konspirativ zu. Hat er den Alk etwa vergraben?

Wir gehen ein Stück in den Wald, der unser Zeltlager umschließt. Es dämmert, aber man kann noch gut sehen. Alex schaut sich kurz um und winkt mich dann hinter einen der Bäume. Tatsache: vergraben.

Er hebt eine Moosmatte hoch und stochert mit seiner Kinderschippe in der Erde herum, bis eine Ansammlung von Minifläschchen zum Vorschein kommt.

»How many?«, fragt er und blinzelt zu mir hoch.

»How much?«, frage ich kühl, als ob ich wirklich verhandeln würde, dabei bin ich gerade bereit, jeden Preis für den Fusel zu zahlen. Diese Fläschchen sind immerhin mein Rückfahrticket.

Wir verhandeln ein wenig hin und her, und schließlich kaufe ich alle sechs kleinen Glasfläschchen ohne Etikett, die mit klarer, bernsteinfarbener Flüssigkeit gefüllt sind. Schnaps und Whisky, erläutert Alex. Wer's glaubt, wird selig.

Ich schraube die erste Flasche mit »Schnaps« auf und rieche daran. Vermutlich verdünnt. Ich kippe alles hinunter, es brennt höllisch in meinem Rachen, aber auf jeden Fall weniger als der Schmerz in meinem Brustkorb. Dann nehme ich die zweite Flasche. Alex schaut mir befriedigt zu, ich bin der ideale Kunde. Wir lachen, machen etwas Small Talk, dabei geht es nur darum, dass ich so viele Fläschchen wie nötig so schnell wie möglich hinunterschütte. Ohne zu kotzen. Er will zurück, ich soll mir noch was aufheben, aber ich muss die Sache gleich hier, im Wald, durchziehen, sonst hindert mich noch jemand daran. Ich kippe Fläschchen drei und vier. Braun, weiß, immer abwechselnd. Wir lachen wieder, aber diesmal kommt es mir so vor, als ob Alex nicht mehr ganz so entspannt ist.

»What?«, sage ich lauter, als ich es eigentlich möchte.

Er schaut sich beunruhigt um.

Meine Güte, was hat er denn? Ich habe ihm alle seine Fläschchen abgekauft. Alter, Freude!

Er schlägt vor, dass wir zurückgehen. Er will zurückgehen. Ich nicht. Hey, ich bin sein bester Kunde!

Als ich das nächste Fläschchen kippe und nichts spüre, außer, dass meine Zunge etwas gefühllos ist, mache ich mir Sorgen, dass der Stoff nicht reichen könnte.

»A-wanna-more«, sage ich und wundere mich, warum

meine Zunge die Worte nicht mehr anständig voneinander trennen kann. Für dieses Gebrabbel habe ich fünfzehn Jahre sprechen gelernt?

»MORRRRE!«

Jetzt ist Alex richtig beunruhigt. Ich sehe es und spüre es, denn er legt mir seine Hand auf den Mund, was ich nicht sehr witzig finde und sie deshalb sofort wieder wegreiße.

»MORRRRRE!«

Das Nächste, an das ich mich erinnere, ist ein Finger, der in meinem Mundraum herumwühlt und mich offenbar zum Kotzen bringen soll. Ich muss schon sagen, da kennt sich jemand wirklich gut aus, denn das klappt sofort. Und während ich mir die Seele aus dem Leib reihere, nehme ich sehr verschwommen nicht nur Alex, sondern auch noch zwei Betreuer neben mir wahr. Bestens.

Eine halbe Stunde später bin ich mit Kaffee und kaltem Wasser offenbar vernehmungsfähig und gebe natürlich sofort alles zu, worauf man mir mit allergrößtem Bedauern mitteilt, dass man jetzt meine Mutter anrufen wird, damit sie mich abholt.

Yes!

Ich habe nicht den Eindruck, dass ich nüchtern bin, denn irgendwie sehe ich alles doppelt, aber ich verstehe, worum es geht.

»Sure«, sage ich, senke gespielt reumütig den Kopf.

Dann wählen sie Taylors Nummer. Denn die Sache ist die: Ich gebe immer Taylors Nummer an, wenn sie nach der Nummer meiner Eltern fragen. In der Schule sind sie mittlerweile davon überzeugt, dass Taylor mein Halb- oder Stiefbruder ist, so oft hat er mich schon abgeholt. Er ist vermutlich auch der Einzige, der Lust hat, sich um zehn Uhr abends in sein Auto zu schwingen und zwei Stunden zu fahren, um mich abzuholen. Na gut, dafür werde ich ihm wohl einige Stunden in der Autowerkstatt helfen müssen, aber das ist es komplett wert.

In der Wartezeit packe ich meine Sachen zusammen. Und obwohl mein Zelt sehr weit weg von Cheyennes Zelt steht, hat sie von meinem Camp-Verweis Wind bekommen, kommt rüber zu mir und stellt mich zur Rede.

»Wieso fährst du denn schon?«, fragt sie, als hätte sich nicht längst rumgesprochen, dass ich mich betrunken habe. »Es ist doch nicht wegen mir?«

Sehr witzig. Nein, wie kommst du darauf? Ich hatte einfach etwas Spaß mit Alex!

Ich rede totales Kauderwelsch, da mir meine Zunge noch nicht gehorcht, aber sie bleibt hartnäckig. So ist Cheyenne.

Sie stemmt ihre Hände in die Seiten: »Seit wann hängst du mit Alex ab?«

Darauf möchte ich gerne fragen, seit wann sie mit älteren Jungs abhängt, die weniger Gehirn als Muskelmasse haben.

»Seiddu mit Rambo abhängscht.«

Verdammt!

Während ich meinen Schlafsack in seine Hülle packe und mir dabei zwei Kondome entgegenfliegen, die ich sicherheitshalber eingesteckt habe, obwohl in diesem Camp natürlich nicht nur Alkohol, sondern noch viel mehr Sex verboten ist, ich mich also vor Cheyenne komplett zum Idioten mache, wünsche ich mir gleichzeitig, dass sie irgendetwas sagt, was diesen ganzen Stress zwischen uns auflöst. Verrückt! Denn ich würde ihr – zwar nicht sofort, aber doch nach einer angemessenen Wartezeit – vergeben. In etwa fünf Sekunden. Nur legt sie darauf offenbar gar keinen Wert.

»Jona?!«

Einer der Chaperones winkt mich zu sich. Ich werfe meine restlichen Sachen schnell in einen Seesack und schleife ihn hinter mir her. Zweites Verhör, schon klar.

Wo kommt der Alkohol her? Wer hat ihn dir gegeben?

Yada, yada, yada.

Aber egal, wie wenig ich Alex leiden kann, ich schweige wie ein Indianer. Wie ein betrunkener Indianer, der gar nicht mehr weiß, was Wahrheit überhaupt ist, und dem man im Übrigen die Zunge herausgetrennt hat. Der vergessen hat, wo sein Zelt steht und wer seine Indianer-Squaw ist, und ich sage das mit voller Absicht, weil mir Cheyenne erklärt hat, dass **Squaw** so ein typisches Wort der Weißen ist, das sie bei den Indianern falsch aufgeschnappt haben und jetzt für Indianerfrauen verwenden, obwohl es eigentlich Hure heißt oder so ähnlich, so genau kann ich darüber gerade nicht nachdenken.

Ich lasse meinen Kopf nach hinten sinken und stöhne und sage nichts. Doch bevor sie mich an den Marterpfahl fesseln können, falle ich in Ohnmacht oder schlafe ein, und als ich aufwache, ist zum Glück Taylor in seinem Pick-up da und erlöst mich. Erst mal jedenfalls.

## Ronja

**WIR HALTEN VOR EINEM HAUS** mit einer Treppe, die steil zum Eingang hinaufführt und fast wie dieses nette Haus in Manhattan aussieht, in dem Carrie aus *Sex and the City* wohnt. Na ja, wenn man die Augen sehr zukneift. Alles ist viel heruntergekommener und sieht nach Vorstadt aus. Die Humphreys wohnen zwar in Brooklyn, aber in einem coolen Loft, irgendwie hatte ich mir eher das bei unserer Fahrt vom Flughafen vorgestellt.

»Na?«, sagt Paps und mustert mich fragend, nachdem wir ausgestiegen sind.

»Tja«, sage ich diesmal wortkarg, da mir nicht viel zu dieser Gegend einfällt außer: **strange.**

Der Taxifahrer lädt unsere Sachen aus, nickt uns zu und braust dann davon. Der will also auch schnell wieder weg hier. Mir fällt auf, dass es extrem ruhig ist. Ein Hund bellt. Eine Straßenlaterne springt flackernd an. Ist das alles?

Aber, hey, sage ich mir aufmunternd, ich bin in New York!

Wir suchen unser Gepäck zusammen und überprüfen die Hausnummer, da fliegt die Tür auf, und eine Frau winkt uns herein. Sie hat lange und ziemlich wilde Haare, trägt Jeans, T-Shirt und Flipflops und lächelt breit.

Ich bin etwas überrascht, denn nach Paps' Beschreibungen habe ich einen anderen Typ erwartet. Eher die langweilige Büromaus. Grau in grau und damit vollkommen ungefährlich.

Okay.

Ich schnappe mir meine große Sporttasche, doch mein Vater nimmt sie mir sofort ab und schickt mich mit einem Kopfnicken vor. Aus zwei Gründen finde ich das bedenklich: Zum einen trage ich mein Gepäck meistens selbst, zum anderen geht mein Vater sonst immer vor. Beschützerinstinkt. Wo ist der jetzt hin? Scheint so, als ob ich ihn auf einmal beschützen muss.

»Hello!«, begrüße ich die Frau, die von Nahem noch attraktiver aussieht als aus der Entfernung.

»Hi, ich bin Mona, und du, well, Ronja? Cute! Wonderful name!«

Wonderful name? Cute? Ich bin ganz bestimmt nicht **cute**, also süß, niedlich, reizend. Ich setze die Kapuze meines Hoodies auf und gebe ihr höflich die Hand. Dabei sehe ich ihr direkt in ihre beeindruckend grünen Augen und schicke meine übliche wortlose Botschaft: Lass die Finger von meinem Vater!

Innen ist das Haus kleiner, als ich von außen vermutet habe, aber einfach wunderschön. Wir gehen durch einen gelb gestrichenen Flur mit Bildern und Postern an den Wänden bis ans Ende des Hauses. Alles wirkt entspannt, kreativ, bunt, gut gelaunt. In der kleinen Küche sind die Wände weiß gestrichen, aber sonst hat so ungefähr jeder Einrichtungsgegenstand eine andere Farbe. Ich bin hin und weg. In der Mitte steht ein großer langer Holztisch, um den sechs Stühle in sechs verschiedenen Farben und Formen angeordnet sind, ein riesiger Blumenstrauß steht auf dem Tisch neben einer Schale mit Obst und bunten Kaffeetassen. Die Abendsonne fällt durch das Fenster und taucht alles in ein goldenes Licht.

Ja, das klingt kitschig, aber so habe ich mir das immer vorgestellt, wenn ich mal in einer eigenen Wohnung wohne. Paps ist nämlich nicht so der Einrichter, und manchmal fehlen mir diese schönen Dinge, die bei anderen Leuten so in der Wohnung rumstehen. Angefangen von Vasen mit Blumen über Schalen mit Obst bis zu netten Fotos an der Wand oder Magneten am Kühlschrank. In unserer Dreizimmerwohnung sieht sogar mein Zimmer ziemlich nüchtern aus, verglichen mit diesem Farbrausch.

»Wow«, sage ich unwillkürlich und schiebe meine Kapuze vom Kopf.

»Setzt euch doch«, sagt Mona, und ich merke, wie aufgeregt sie ist.

»Erst mal hallo, Monika«, sagt mein Vater fast steif, und beide deuten eine etwas ungeschickte Umarmung an.

»Hallo, Rainer, schön, dich zu sehen«, sagt Mona.

Sie setzen sich, machen erst Small Talk und sind dann schnell in ein intensives Gespräch vertieft. Aha, mit Mona redet mein Vater also. Sie erzählen sich eine Kurzfassung der letzten zehn Jahre und was sie jetzt gerade machen, während ich nicht sehr aufmerksam zuhöre und die Schönheit der Einrichtung auf mich wirken lasse.

Mein Vater und Mona lachen laut, und ich muss mich kurz einmischen.

»Hast du meine Mutter eigentlich mal kennengelernt?«, frage ich Mona, um klarzustellen, dass mein Vater als alter Bekannter hier ist und sie sich meine Mutter am besten immer an seiner Seite denkt.

»Ja, natürlich«, sagt Mona. »Und dich auch, da warst du etwa so groß.« Sie hält ihre Hand einen Meter über den Boden. Verstehe, ich war ein Zwerg und kann mich natürlich an nichts erinnern.

Mona lächelt. »Deine Mutter war ein sehr netter und freundlicher Mensch. Du siehst ihr total ähnlich.«

Ich schlucke, Paps schluckt.

Mona schweigt einen Moment und sieht dann zu mir. »Ich habe gehört, du hast auch ein Rechercheprojekt hier in New York vor? Worüber denn und für welche Zeitung?«

»Unsere Schülerzeitung. Ich dachte, ich schreibe über das 9/11-Memorial.«

»Sie macht auch alle Fotos für ihre Artikel«, sagt mein Vater stolz, was mir etwas peinlich ist. So großartig ist das nun auch wieder nicht.

»Auch Fotos. Great«, sagt Mona. »Das finde ich gut, dass du deine eigenen Fotos machst.«

Nun, natürlich habe ich für meine kleinen Reportagen keinen Fotografen dabei wie die professionellen Reporter, aber wie Mona darüber spricht, hört es sich sogar nach einer Leistung an.

»Wie hoch ist denn eure Auflage?«, fragt sie.

»Es ist eine Online-Zeitung.«

»Oh, klar, dann kannst du ja richtig viele Bilder einbinden. Und online, genial, wozu Bäume fällen, wenn wir im Zeitalter des Internets leben.«

Ich starre Mona überrascht an, weil das immer das ist, was ich sage, wenn jemand das als Nachteil darstellt oder nicht versteht, warum unsere Schülerzeitung nur online zu lesen ist. Irgendwie will ich es nicht, aber ich fange an, sie zu mögen.

»Und wo arbeitest du noch mal?«, frage ich etwas verlegen, da sie das bestimmt schon meinem Vater erzählt hat.

»Bei der *New York Times*. In der Online-Abteilung.« Sie grinst. »Hallo, Kollegin.«

Nun ja, die *New York Times* ist – **wow** – einfach das Größte. Ich sehe zu meinem Vater, der die Augenbrauen anerkennend hochzieht. Wir sind beide beeindruckt.

Wir reden noch etwas, bis ich merke, dass mein Kopf sich immer mehr der Tischplatte nähert und der Jetlag zuschlägt. Wie spät wäre es jetzt in Berlin? Sehr spät. Ich gähne diskret und sehe zu meinem Vater.

Mona springt sofort auf. »Ihr seid sicher müde. Kommt, ich zeige euch eure Zimmer.«

Wir folgen ihr zurück in den Flur und von da in einen winzigen, schlauchartigen Raum mit einem schmalen Bett, einem winzigen Tisch, einem Stuhl und einer Kommode.

»Es ist eigentlich nur eine Art Abstellkammer, aber ich habe sie für dich leer geräumt«, erklärt sie meinem Vater.

Mein Vater strahlt. »Ganz wunderbar.«

Mona lächelt erleichtert. »Hier unten ist auch noch ein Bad, was wir gemeinsam nutzen. Das Haus ist leider sehr klein. Ronja, dein Zimmer ist oben.« Wir gehen die steile Treppe in den ersten Stock zu einer Tür mit einem großen schwarzen Totenkopf. »Jonathan ist noch bis Ende dieser Woche im Feriencamp, und dann fliegt er nach Deutschland zu seinem Vater, also habe ich dich in seinem Zimmer untergebracht.« Sie schubst die Tür auf und macht eine einladende Geste. »Ich hoffe, das ist okay für dich.«

Ich trete zögernd ein. Okay für mich? Ich hoffe, es ist okay für Jonathan, dass ich in seinem Zimmer schlafe, denn für mich wäre es absolut unvorstellbar, dass mein Vater mein Zimmer in meiner Abwesenheit an einen fremden Jungen vergibt.

»Ich habe aufgeräumt«, sagt Mona, und ich bin froh, dass sie es sagt, denn sonst wäre ich nicht drauf gekommen. Das Zimmer ist ein einziges Chaos an Klamotten, Büchern, DVDs, Videospielen, Kameras, Computern. An den Wänden hängen große Collagen mit Fotos, in einer Ecke liegt eine Gitarre, im Regal eine Kamera und lauter Packungen mit Filmen. Und das im digitalen Zeitalter? Allerdings ist das Bett sehr ordentlich gemacht und frisch bezogen, und auch die Schreibtischfläche ist frei geräumt, und ein Stuhl steht davor.

Mona zieht die obersten zwei Schubladen einer alten Holzkommode auf. »Hier kannst du deine Sachen hineinpacken.«

Ich nicke und lächele. »Vielen Dank.«

Etwas später habe ich meine Reisetasche ausgepackt, die zwei Kommodenschubladen mit der Hälfte meiner Sachen eingeräumt und die Tasche unter das Bett geschoben. Ich möchte das Zimmer so unauffällig wie möglich bewohnen, denn ich fühle mich wie ein Eindringling, obwohl Mona mir mehrmals versichert hat, wie **okay** das alles ist. Ich weiß nicht, immerhin liegt das Leben von Jonathan hier offener vor mir als auf jeder Facebook-Seite.

Ich gehe zu seinem Schreibtisch, über dem wild über- und untereinander gepinnte Fotos hängen. Ich vermute, Jonathan ist der meist breit grinsende, dunkelhaarige Typ mit den wilden Haaren und grünen Augen. Er sieht nett aus. Und hat offenbar eine Freundin, denn die Hälfte der Pinnwand ist voll mit Bildern von einem Mädchen mit langen braunen Locken. Wow. Mitten auf der Pinnwand lächelt sie als Cheerleaderin, hat die weißesten Zähne, die ich jemals gesehen habe, und hält zwei goldfarbene Puschel über ihren Kopf. Keine Ahnung, was so toll daran ist, in einem Minirock vor einem Footballteam herumzuturnen und mit Papierpompons zu winken, aber sie macht das großartig und sieht aus wie die Schul-Queen.

Ich gehe zu dem breiten Bett, lasse mich zurückfallen und strecke meine Arme aus. Langsam komme ich an. Dieses Bett wird jetzt meine Insel, meine Docking-Station, mehr brauche ich nicht. Von hier aus werde ich die coolste Stadt der Welt erobern. Ich schließe die Augen und seufze glücklich: **Ich bin in New York!**

# Jonathan

ICH WEISS NICHT, wie ich aus dem Auto gekommen bin. Ich habe auch keine Ahnung, wie ich ins Haus und in mein Zimmer gelangt bin, ich weiß noch nicht einmal, ob ich in meinem Bett liege, denn als ich mitten in der Nacht mit höllischen Kopfschmerzen und einem Riesendurst aufwache, liegt mein Arm über der nackten Schulter eines Mädchens. Wo bin ich?

Ich bin zu betrunken, um das wirklich als die Realität anzusehen, und sehe mich fragend im Halbdunkel um. Okay, das ist mein Zimmer. Mein Blick wandert zurück zu dem Mädchen in meinem Bett. »Cheyenne?«, flüstere ich hoffnungsvoll, obwohl sie ganz andere Haare hat und auch ganz anders aussieht, nur – wer sollte es sonst sein?

»Dan?«, flüstert sie im Schlaf, und ich nehme mal an, sie meint nicht mich damit. Was ist das für ein abgedrehter Traum? **Spooky.**

Ich schlurfe ins Bad, spritze mir Wasser ins Gesicht und trinke den halben Wasserhahn leer. Mein Kopf dröhnt, als ob er gleich explodiert. Meine Klamotten riechen nach Kotze.

Ich ziehe sie aus und lasse sie im Bad, Hauptsache, meine Mutter wird nicht wach. Aber, nun, wenn ich träume, dann ist das sowieso egal. Doch als ich in mein Zimmer komme, liegt dieses Mädchen immer noch in meinem Bett, was sehr darauf hindeutet, dass ich nicht träume, sondern die Realität ein neues Level erreicht hat. Was ist das? Vielleicht eher eine Art alkoholische Halluzination? In meinem Zustand kann ich darüber allerdings sowieso nicht nachdenken, also rolle ich mich an der Bettkante zusammen und schließe die Augen. Morgen wird alles besser.

Oder auch nicht. Als ich aufwache, sind die Kopfschmerzen noch höllischer, und das Sonnenlicht schmerzt, als ich müde blinzele.

Ich strecke mich, gähne, und meine eine Hand landet auf – Haut!

What? Ich rolle mich vorsichtig zur Seite, und da liegt sie. Ich beuge mich etwas über sie, und ein göttlicher Geruch steigt mir in die Nase. Ich fühle, sehe, rieche sie. Aber man weiß ja nie. Ich studiere ihr Gesicht, streiche vorsichtig über ihre tollen Haare, berühre kurz ihre Schulter. Ihre Haut ist so weich. Sie ist ungefähr so alt wie ich und – hübsch. Ausgesprochen hübsch. Sie kann nicht echt sein.

»YHIIIEE!«

Okay, sie ist echt. Ich federe zurück, rutsche von der Bettkante und poltere auf den Boden. »Damn!« Spitze, schrille Schreie sind gar nicht gut, wenn man einen höllischen Kater hat.

»Wer bist du?«, quiekt sie.

Wer bin ich? Sie kauert unter meiner Bettdecke, in meinem Bett, und tut dabei so, als ob **ich** einen Fehler gemacht hätte. Hey, Mädel, du liegst in meinem Bett!

»Do I know you?«

Sie funkelt mich empört an. »Wieso bist du hier?«

Ja, warum bin ich hier? Eine existenzielle Frage, die ich mir ständig stelle. Doch ganz langsam steigt aus den Tiefen meines Unterbewusstseins eine Erinnerung an die Oberfläche. **Besuch.** Richtig, Mum hat mir davon erzählt. Der Journalist und seine Tochter. Doch bevor ich die Puzzleteile meines zersägten Gehirns zusammengesucht habe, fliegt schon die Tür auf.

»Jona!«

Meine Mutter. »Kitchen. Now!«

Mum und ich sind allein in der Küche, aber es ist klar, dass wir nur wenig Zeit haben, diese Sache zu klären.

»Was machst du hier? Wo kommst du überhaupt her? Wieso hast du nicht angerufen?«

Der berühmte Fragendreisatz, auf den man am besten mit Schweigen antwortet.

»Jona, ich rede mit dir!«

Und Alarmstufe Rot, denn sie spricht Deutsch, und das tut sie wirklich nur, wenn sie richtig sauer ist.

»Was ist mit Cheyenne? Seid ihr beide zurück?«

»We … broke up.«

Sie sieht mich irritiert an. Eigentlich will sie sauer auf mich sein, aber da ist auch etwas Mitleid. Ich weiß nicht, was ich schlimmer finde.

»Oh, das tut mir leid.«

Sie macht eine kleine gefühlvolle Pause, aber eigentlich war sie nie ein großer Fan von Cheyenne. Dann holt sie kurz Luft, und die Inquisition geht weiter. »Aber du kannst doch nicht so einfach zurückkommen? Wieso hast du nicht Bescheid gesagt?«

Ich nuschele etwas Verworrenes, und sie merkt, was Sache ist.

»Du hast getrunken!«

»Well …«

Alkohol ist ein sensibles Thema für meine Mutter, denn ihr Vater war Alkoholiker, was kein Spaß war, sondern ein Horrortrip für sie als Kind, wie sie mir immer wieder erklärt. Schon klar. Normalerweise wäre dies nur der Anfang einer langen Diskussion, aber da wir Gäste haben, fällt die Sache kürzer aus. Was nicht unbedingt von Vorteil ist.

»Du weißt, wie ich dazu stehe«, schnaubt sie wütend. »Und damit das klar ist: Dein Zimmer ist vergeben, also wirst du im Wohnzimmer auf der Couch schlafen, bis du zu deinem Vater fährst.«

Ich zucke mit den Schultern, die Strafe ist nicht gerade hart.

»Und dann wirst du Rainer und Ronja die Stadt zeigen. Dabei kannst du dein Deutsch verbessern. Ich muss arbeiten, und ich will, dass du dich hier einbringst, wenn du schon unangemeldet auftauchst und alles … durcheinanderbringst.«

Durcheinanderbringe? Ich finde nicht, dass ich so viel Unordnung gemacht habe, denn schließlich habe ich die Gäste doch nicht eingeladen. Und überhaupt: Stadtführer? Really?

»No! Mum, I …«

Yeah, what? Leider kann ich nicht sagen, dass ich etwas anderes vorhabe, da ich im Camp sein sollte und Ferien habe.

»Okay, that's settled then«, sagt Mum, und ich weiß: Widerstand ist zwecklos.

Na ja – was soll's? Noch ein paar Tage, dann fliege ich nach Europa zu Dad, und alles dazwischen halte ich aus.

»Monika?«, ruft eine Männerstimme im Flur.

Mum wirft mir einen letzten, warnenden Blick zu und öffnet die Küchentür mit einem strahlenden Lächeln.

»Morgen, Rainer! Das ist Jonathan. Jonathan: Rainer.« Sie knufft mich unauffällig. »Ich habe dir von ihm erzählt.«

Rainer sieht aus wie David Duchovny in *Californication*. Strubbelig und lässig und so, als hätte er letzten Abend mindestens so viel Alkohol wie ich getrunken. Aber vielleicht liegt das auch nur am Alter.

Er reicht mir die Hand. »Hey, also, du bist Jona. Schön, dich kennenzulernen.«

»Same here«, sage ich und ignoriere den Blick meiner Mutter. Schon klar: Deutsch reden.

Meine Mutter gibt mir zehn Minuten, meine Sachen aus meinem Zimmer zu holen und mich auf der Couch einzurichten, während das Mädchen im Bad ist. »Sie heißt Ronja!«, erinnert sie mich. Auf einmal bin ich der Gast in unserer Wohnung. Echt toll. Während ich auf dem Sofa hocke und versuche, nicht zu kotzen, geht sie zurück in die Küche zu Hank Californication. Ich krame meine Sachen zusammen und beginne mich anzuziehen, ohne mich viel zu bewegen, damit mir nicht übel wird. Keine allzu leichte Übung.

»Hey«, höre ich eine Stimme hinter mir, als ich gerade dabei bin, mir vorsichtig ein T-Shirt anzuziehen, da mein Kopf aus sehr dünnem Glas besteht, was jeden Moment zerbrechen kann. Ich drehe mich langsam um, und da steht sie. Nasse Haare, die sie nur lose hochgesteckt hat, eine tief sitzende Jeans und ein Hoodie, auf dem fett **SEEED** steht. Verdammt, sieht sie gut aus. Wäre da nicht dieser kritische Blick, als wäre ich ein Vergewaltiger oder obdachloser Alkoholiker. Hey, ich wohne hier!

Sie zieht kritisch eine Augenbraue hoch und reicht mir die Hand. Wir begrüßen uns förmlich.

»Ich wusste nicht, dass du hier bist. Deine Mutter … ich kann ja auf der Couch schlafen«, bietet sie nüchtern an.

Grandiose Idee! Doch ich sage: »No problem. I love to crash on the couch. Ich kann bleiben. Auf die Couch.«

Sie grinst.

Verstehe, mein Deutsch ist eingerostet. Aber das ist noch lange kein Grund, mich so überheblich anzugrinsen. Das nervt mich total, und dabei halte ich noch ihre Hand. Ich werde überflüssigerweise rot, lasse ihre Hand endlich los und verschwinde schnell im Bad. Ich hasse diese verdammte Situation.

# Ronja

**»ER LAG AM MORGEN,** als ich aufgewacht bin, einfach neben mir im Bett!«

»Oh, wie süß!«

Ich sitze auf der Hintertreppe von Monas Haus und skype mit Sonja. Ihr Gesicht zuckt vor dem Display herum, Datenübertragung stockend, aber mit irgendwem musste ich das sofort und so persönlich wie möglich besprechen.

»Nein, Sonja, du hast das noch nicht ganz verstanden: Es ist sein Bett, und er wusste nicht, dass ich darin liege.«

Sie schweigt einen Moment. »Und?«, fragt sie dann. »Wie sieht er aus?«

Typisch Sonja. Als ob das eine Rolle spielt! Ich denke an Jona, wie er in Boxershorts mit nacktem Oberkörper auf dem Boden saß und mich angestarrt hat. Okay, ja, er sieht gut aus, aber darum geht es doch gar nicht. Diese Situation wird auf der Skala der peinlichsten Situationen meines Lebens für immer einen Spitzenplatz einnehmen, und peinliche Situationen habe ich in letzter Zeit wirklich genug erlebt.

»Ich bin mir wie … ein Groupie vorgekommen.« Genauer

gesagt, so wie vor ein paar Tagen, als ich all meinen Mut zusammengenommen und Till, meine große Liebe aus der Schulband, angesprochen habe und er mich einfach ignoriert hat.

Sonja winkt ab. »Ach was, **er** muss sich mies fühlen. Als er gesehen hat, dass du in seinem Bett liegst, hätte er ja auch woanders schlafen können, statt seinen Arm um dich zu legen.«

»Na ja, er dachte wohl, ich bin seine Freundin.«

Wir lachen, und ich entspanne mich. Immerhin bin ich in einer der coolsten Städte der Welt, da sollte ich mich auch cool benehmen.

»Hey, ich muss Schluss machen, ich melde mich bald wieder, okay?«

Sonja winkt, aber es ist mehr ein Zucken auf dem Display meines Handys. »Bis morgen!«

»Es tut mir sehr leid, ich wusste auch nicht, dass Jona zurückkommt«, sagt Mona, als ich von der Hintertreppe zurück in die Küche komme und mich zu ihr und meinem Vater an den Tisch setze. Sie reicht mir ein Körbchen mit Bagels. Jona ist noch nicht aufgetaucht, und ich würde ihm das auch nicht unbedingt raten, da seine Mutter auf hundertachtzig ist, obwohl sie es die ganze Zeit hinter einem freundlichen Lächeln zu verbergen versucht. Ich sehe zu Paps, der ihr schon zum zweiten Mal versichert, dass wir auch in ein Hotel umziehen können, wenn unser Besuch Umstände macht. Ja, sofort, ich bin dabei!

»Nein, auf keinen Fall. Ich habe euch eingeladen, und ich

freue mich, dass ihr hier seid«, sagt Mona, und Paps lächelt. Irgendwie hat sie ihn verhext.

Es klingelt, und Mona springt auf und geht zur Tür, und ich bin froh, dass ich zwei Sekunden mit Paps allein habe.

»Warum nicht Hotel? Ich wohne im Zimmer ihres Sohnes, das ist megapeinlich.«

Paps macht ein unentschiedenes Gesicht, doch bevor er etwas sagen kann, kommt Mona mit einem blonden Typen zurück. Wie viele Jungs wohnen hier eigentlich?

»Hi, I'm Taylor!« Der Typ winkt zu uns herüber, lacht breit und setzt sich wie selbstverständlich an den Tisch.

»Taylor ist unser Nachbar«, erklärt Mona und stellt uns vor.

»The Germans!«, sagt er und nickt.

Er schnappt sich einen Bagel, beißt ab, lässt sich von Mona eine Tasse Kaffee eingießen und grinst dabei in meine Richtung. Ich lächele vorsichtig zurück. Taylor ist älter als ich, vielleicht siebzehn, und fühlt sich hier offenbar wie zu Hause. Er und Mona unterhalten sich kurz, und ich verstehe, dass Taylor Jona in der letzten Nacht vom Feriencamp zurückgefahren hat und Jona ziemlich **tired** war, obwohl jeder am Tisch weiß, dass er betrunken meint.

Als Jona in die Küche kommt und sich an den Tisch setzt, schaue ich schnell auf meinen aufgeschnittenen Bagel. Die Vorstellung, dass dieser Junge die ganze Nacht neben mir gelegen hat, ist irgendwie seltsam.

Mona knallt ihm eine Tasse vor die Nase und überlässt es meinem Vater, sie vollzugießen. Tja, da liegt wohl Ärger in der Luft. Ich sehe zu Paps. Es wird Zeit, dass wir aufbrechen. Nur weg hier, ich hasse Familienstreits.

»Und? Wo wollt ihr heute als Erstes hin?«, fragt Mona, als hätte sie meine Gedanken gelesen.

Mein Vater lächelt smart. »Mal sehen. Vorschläge?«

»Nun, Rainer, du hast ja gesagt, du suchst gute Orte in New York, an denen Jugendliche auch ohne Geld Spaß haben können, richtig? Ich würde sagen, da ist Jona eindeutig Experte, stimmt's, Jona?«

Jona zuckt mit den Schultern. Wie es aussieht, hat er einen mächtigen Kater.

»Ich würde euch die High Line empfehlen«, sagt sie, als Jona nicht antwortet.

Ich horche auf. »Die alte Hochbahntrasse, die jetzt begrünt ist?«, sage ich, denn dieser Ort steht ganz oben auf meiner Besichtigungsliste.

»Really? Da sind doch nur Touristen«, sagt Jona abfällig und mit einem harten amerikanischen Akzent. Idiot!

»Also, Jona, ich würde mich freuen, wenn du mitkommst«, sagt Paps, und ich drehe mich entsetzt zu ihm. Echt jetzt?

Jona bekommt meinen Blick mit und funkelt böse zurück. Schätze, der Krieg ist eröffnet.

Taylor schaut von Jona zu mir und dann zu meinem Vater. Er folgt unserem Gespräch mit großem Interesse, versteht aber offenbar kein Wort.

»How are you, dude?«, fragt er schließlich in Jonas Richtung, während er sich den zweiten Bagel nimmt und großzügig mit Cream Cheese bestreicht. Sie reden über das Camp und irgendein Mädchen und dann über eine Party, und ich stelle fest, dass Jona wesentlich cooler klingt, wenn er Englisch redet. **Wow.** Der Effekt ist ungefähr so, als wenn man von der grausamen Synchronisation einer meiner Lieblingsserien zurück auf den Originalsprachmodus schaltet.

»Wir können zusammen in die Stadt fahren«, sagt Mona und steht auf. »Ich setze euch an der High Line ab, bevor ich ins Büro fahre.«

Paps nickt, und ich seufze. Nicht nur, dass ich in Jonas Zimmer schlafe, jetzt rennt er mit seinem Kater und seiner schlechten Laune auch noch den ganzen Tag mit uns durch die Stadt.

Mona hat ein kleines Auto. Sie und mein Vater sitzen vorne und reden, während Jona und ich uns auf der Rückbank ignorieren. Aber egal, ich bin ja schließlich nicht wegen ihm hier und gerade viel zu aufgeregt, um mir darüber Gedanken zu machen.

Wir überqueren die Brooklyn Bridge nach Manhattan, und ich halte die Luft an. Alles ist noch viel größer und großartiger, als ich es mir vorgestellt habe. In der Morgensonne glänzen die Wolkenkratzer silbrig vor einem stahlblauen Himmel. Wow, sieht die Stadt beeindruckend aus.

Als wir in das Hochhausmeer des Finanzdistrikts eintauchen, muss ich das Fenster herunterkurbeln und mich nach draußen lehnen. Gelbe Taxis schieben sich neben uns durch den Verkehr, es geht nur stockend voran, aber mich stört das überhaupt nicht. Ich hole mein Handy heraus, mache aus dem Fenster einen **Snap** für Sonja und sende ihn ab.

»Tourist«, schnaubt Jona leise neben mir.

»Das habe ich gehört, Mr Brooklyn. Wie ist es denn so für dich, wenn du von der Vorstadt mal nach Manhattan fährst?«

Er sieht mich genervt an, blinzelt. »I live here.«

»I hate you.«

Er dreht sich zurück zum Fenster. »Well, then …«

»Jona, du sollst doch Deutsch reden«, sagt Mona. »Erzähl doch Ronja mal von dem Job, den du im letzten Jahr auf der High Line gemacht hast.«

Jona presst die Lippen aufeinander, und ich schenke ihm ein süffisantes Lächeln. Ja, genau: herablassend, gönnerhaft, nie hat ein Fremdwort besser gepasst. Wenn er denkt, er kann mich mit seinem coolen Gehabe einschüchtern – Pech gehabt!

Jona schweigt, und Mona erzählt an seiner Stelle von den **Teens Programs** auf der High Line: den Green Corps, die sich um Pflanzen kümmern, dem Teen Arts Council, bei dem sich Jugendliche an Kunstprogrammen beteiligen, oder dem Youth Corps, das mit Erziehern zusammen Kurse für Kinder veranstaltet.

»Wäre das nicht auch ein interessantes Thema für eure Schülerzeitung?«, sagt mein Vater. »Erzähl doch Jona mal von deinen Projekten. Am besten auf Englisch.«

Was? Auf keinen Fall. Ich kann Englisch, aber nicht perfekt, und ich betrete eindeutig feindliches Terrain, wenn ich jetzt mit Jona Englisch rede. Er grinst schon tückisch in meine Richtung. Ich strecke ihm die Zunge raus, bevor ich mich zurückhalten kann, und er grinst noch breiter.

»Jona spricht Deutsch und du Englisch, das ist eine super Idee«, sagt Mona. »So könnt ihr gemeinsam eure Sprachkenntnisse verbessern.«

Jetzt pressen wir beide die Lippen zusammen. Eltern können echt grausam sein.

Mona setzt uns drei an der 23rd Street ab, wo es einen Aufgang zur High Line gibt, und fährt dann weiter in ihr Büro.

Ich renne einfach vor, die Stahltreppe zur Bahnstrecke hoch und sehe mich begeistert um. Natürlich kenne ich die Bilder der High Line aus dem Internet, aber es live zu sehen ist etwas ganz anderes.

Wo früher Schienen auf der Hochbahn lagen, ist nun ein hölzerner Gehweg gebaut, rechts und links des Wegs sind hohe Gräser und Büsche gepflanzt. In regelmäßigen Abständen gibt es Holzbänke zum Sitzen und sogar kleine künstliche Bäche und Wasserbecken. Das Beste aber ist die Aussicht. Von hier oben kann man auf der einen Seite auf die Stadt schauen und von der anderen bis zur Freiheitsstatue und dem Hudson River. Ich hole meine Kamera heraus und ignoriere Jonas Grinsen. Klar sehe ich nun noch mehr wie eine Touristin aus, aber – **so what**? Ich möchte tolle Fotos aus New York mitbringen, und dafür ist die Digitalkamera genau richtig, die ich gerade erst zum Geburtstag bekommen habe. Paps zeigt mir ein paar der Einstellungsmöglichkeiten, während Jona einen Grashalm von den hohen Stauden abreißt und gelangweilt darauf herumkaut. Schon klar, Mr Supercool.

»Welche Richtung?«, fragt mein Vater Jona, der in die Richtung zeigt, in die ich schon gelaufen bin, außerdem gibt es nur zwei Möglichkeiten auf der High Line. Ist ja echt toll, wie er den Stadtführer macht.

Die Sonne knallt auf den lang gezogenen Weg, und es sind wirklich viele Touristen da, aber das stört mich nicht. Ich fotografiere die Kolonnen der gelben Taxis von oben herunter, die großen Werbeplakate und die Docks und Industriegebäude am Hudson. Wir laufen bis unter eine Art Tunnelstück, wo Getränke angeboten werden und man Souvenirs kaufen kann, und mein Vater spendiert uns eine Cola. An den Tischen und Stühlen finden wir keinen Platz, aber auf der anderen Seite des Tunnels ist eine Holzliege frei geworden, die wir gleich erobern. Jonas Laune hat sich etwas gebessert. Ich beobachte ihn unauffällig und frage mich, wo seine Freundin wohl gerade ist. Aber warum interessiert mich das überhaupt?

»Kann ich dir ein paar Fragen stellen?«, fragt mein Vater Jona.

»Yeah.«

Mein Vater zieht seinen Notizblock aus der Tasche, den er immer dabeihat und sogar benutzt, obwohl ich ihm schon tausendmal die Notizbuchfunktion an seinem iPhone gezeigt habe. Aber da ist er wohl altmodisch.

»Was für einen Job hast du hier auf der High Line gemacht?«, fragt mein Vater.

Jona zögert. Vermutlich überlegt er, ob er auf Englisch oder Deutsch antworten soll.

»Ich habe Pflanzen … well, I worked in one of the Green Corps.«

»Tell me about it«, sagt mein Vater, dem gerade wohl klar wird, dass er auf Deutsch nicht viel von Jona erfahren wird. Jona lächelt erleichtert und redet auf Englisch weiter. Obwohl ich so tue, als ob mich das überhaupt nicht interessiert, höre ich zu. Besonders, als Jona seine Freundin erwähnt, mit der er das alles zusammen gemacht hat. Cheyenne. Die supercoole Cheerleaderin. Aber mal ehrlich: Cheyenne? Wer heißt denn so!

Mein Vater kann gut fragen. Ich weiß nicht, wie er das macht, aber nach einer Weile vergisst man, dass er ein Journalist ist und alles aufschreibt und man die Worte vielleicht irgendwann gedruckt in einer Zeitung wiederfindet und tausend andere sie gleichzeitig lesen. Er sagt immer, das muss ein guter Journalist können: das unauffällige Ausfragen. Und auch bei Jona klappt es. Er spricht darüber, wie er einen alten Park in der Gegend mit aufgebaut hat, was er alles über Landschaftsgärtnerei gelernt hat und wie toll das war, obwohl er das alles eigentlich nur wegen Cheyenne angefangen hat. Und dann fragt mein Vater – ganz beiläufig –, was mich schon die ganze Zeit beschäftigt. »Wo ist Cheyenne denn jetzt?«

Die Frage ist schon ziemlich privat, aber Jona erzählt, dass sie noch im Camp ist und sie gerade etwas auf Abstand gegangen sind. **Bäm.** Deshalb ist er früher zurückgekehrt. Ich halte für einen Moment die Luft an, und mein Herz beginnt schneller zu schlagen. Verrückt, oder? Denn Jona ist mir doch eigentlich vollkommen egal.

## Jonathan

**AUSGERECHNET DIE HIGH LINE.** Warum musste Mum genau diesen Ort für den ersten Ausflug vorschlagen? Na gut, es kostet nichts, und das war ja offenbar wichtig. Aber ich habe Erinnerungen, und daher hat dieser Ausflug für mich einen hohen Preis. Hier hatte ich vor einem Jahr mein erstes Date mit Cheyenne. Sie hatte mich gefragt, ob ich nicht Lust hätte, an den Green Corps teilzunehmen, und nein, das hatte ich natürlich nicht. Ich bin nur wegen Cheyenne zu diesem Informationstreffen gegangen, und nur wegen ihr habe ich mich für das Programm gemeldet. Es war einfach die beste Möglichkeit, sie regelmäßig zu sehen. Mir war ja klar, dass sie mich nur besser kennenlernen muss, um sich dann in mich zu verlieben. Na ja. Irgendwie kommt es mir jetzt so vor, als ob ich mir das nur eingebildet habe, sie überhaupt nie in mich verliebt war und ich alles, was ich die letzten Monate gemacht habe, nur ihr zuliebe getan habe. Angefangen von den Green Corps bis zu dem Feriencamp. Bis zur Trennung.

Und jetzt laufe ich mit dieser zickigen Ronja und ihrem Vater über die High Line, und alle Erinnerungen kommen zurück. Verdammt, tut das weh.

Wir gehen an einem der Aussichtspunkte vorbei. Hier habe ich Cheyenne das erste Mal geküsst, als wir zusammen zur Freiheitsstatue geschaut haben. Sie hat mich gefragt, ob ich schon mal oben war. Nein, natürlich nicht. So was machen doch nur Touristen. Und dann hat sie gelächelt und mich geküsst.

Die meisten Leute aus meiner Schule denken, ich bin kein richtiger Amerikaner, weil ich nicht hier geboren bin und deutsche Eltern habe. Aber was bin ich sonst? Ich dachte, Cheyenne versteht mich, weil ihr Großvater Indianer ist und sie vielleicht nachfühlen kann, wie es ist, sich in einem Land immer ein wenig fremd zu fühlen. Sie stammt immerhin von den Ureinwohnern Amerikas ab und gehört nun zu einer Minderheit, für sie muss sich das noch viel seltsamer anfühlen. Aber da habe ich mich wohl getäuscht. Und, ehrlich, meine Mutter macht die Sache nicht besser, indem sie von mir erwartet, dass ich Deutsch rede. Die Sprache ist verdammt schwierig. Na ja, eigentlich will ich sie lernen. Als ich klein war, habe ich sie angeblich fließend gesprochen. In ein paar Tagen fahre ich nach Deutschland zu meinem Vater, und dann wäre es schon seltsam, wenn wir nur Englisch miteinander reden würden. Ich freue mich riesig, ihn wiederzusehen. Dad und Mum haben zwar ein ganz gutes Verhältnis, aber wenn ich nicht wäre, hätten sie bestimmt längst nichts mehr miteinander zu tun. Dad hat seit drei Jahren eine neue

Frau, und vor zwei Monaten ist Anton, mein Halbbruder, auf die Welt gekommen.

Ich habe bisher nur Fotos von ihm gesehen und kann es nicht abwarten, ihn kennenzulernen, obwohl Dad sagt, er liegt eigentlich nur auf dem Rücken und schläft. Aber ich denke mal, es ist wie bei jungen Hunden, je eher sie einen kennenlernen, desto stärker ist später die Verbindung. Und ich will eine starke Verbindung zu meinem Halbbruder aufbauen. Irgendwann zeige ich ihm New York und laufe mit ihm Schlittschuh am Rockefeller Center oder steige mit ihm auf die Freiheitsstatue. Mit ihm würde ich das machen.

Und ich freue mich darauf, mit Dad über ein paar Dinge zu reden, über die ich mit Mum nicht gut sprechen kann. Auch ein Nachteil, wenn man geschiedene Eltern hat, dass man meist nur einen zum Reden hat. Sie versteht einfach nicht, dass ich in der Schule ein Außenseiter bin. Und zwar nicht nur, weil ich deutsche Eltern habe, sondern auch, weil ich mich weder für Basketball noch für Baseball oder American Football interessiere. Ist einfach nicht mein Ding. Aber Veranstaltungen, bei denen keine Cheerleader am Rand stehen, sind eben nicht so populär an der Schule. Die meisten halten mich für einen Freak, weil ich lieber Fotos mache, sie auf Papier abziehen lasse und zu großen Collagen zusammenstelle, die ich aufhänge. Wieso bist du nicht auf Instagram? Sogar meine Freunde verstehen mich nicht, sie halten das für altmodisch und uncool. Genauso wie Lesen und in Ausstellungen gehen. Aber so was finde ich eben interessant. Vielleicht sind das meine europäischen Wurzeln. Über so was würde ich gerne mal wieder mit Dad reden. Er ist Architekt, und früher sind wir oft in Fotoausstellungen gegangen, und wenn er nach New York kommt, dann erklärt er mir immer die Bauweise der Skyscraper, wann sie gebaut wurden und was er großartig an ihnen findet.

Die Sonne brennt mörderisch auf der High Line, ich habe Durst. Ich könnte den Hudson leer trinken und bin wegen meinem Alkoholabsturz sowieso schon dehydriert. Wir kommen zur 14th Street Passage, und Ronjas Vater spendiert uns eine Cola, was wirklich sehr nett ist. Wir setzen uns auf eine der Holzbänke, und ich kippe die Cola runter und werde etwas wacher.

Zugegeben, eigentlich finde ich Ronja und ihren Vater ganz nett. Ronja sogar ausgesprochen süß, wie sie sich immer über mich aufregt, wenn ich sage, dass sie sich wie eine Touristin benimmt. Sie macht ständig Fotos. Sie hat eine superneue Digitalkamera, die würde ich zu gerne mal ausprobieren, aber sie hält sie wie ein Baby vor ihren Körper gedrückt und ignoriert mich total. So what! Sie macht also Fotos, und ich starre in der Gegend herum, und dann holt ihr Vater auf einmal einen Notizblock raus und will ein paar Sachen von mir wissen. Er hat die gleiche Art wie Mum, einen auszufragen. Es geht mit einer harmlosen Frage los und dann immer tiefer in dein Unterbewusstsein. Ist wohl eine Journalistensache, das lernen die bestimmt schon in der Ausbildung. Und ich rede ein wenig über die Green Corps und was wir da alles so gemacht haben, und dann erzähle ich doch tatsächlich von Cheyenne und dass wir Abstand voneinander genommen haben. Was natürlich eine höllische Untertreibung ist. Ronja wird das sofort kapieren, denn Abstand heißt doch immer Trennung. Wer kommt denn danach wieder zusammen? Damn. Jetzt komme ich also nicht nur wie ein Alki, sondern auch noch wie ein Loser rüber, den seine Freundin verlassen hat, und das ist echt das Letzte.

Wir gehen noch ein Stück weiter, haben das südliche Ende der High Line erreicht und steigen wieder hinunter auf Straßenniveau. Peinlicherweise habe ich keine Ahnung, wo wir genau sind, da ich sonst immer Cheyenne gefolgt bin, die sich hier bestens auskennt. Ich bin ihr immer nur hinterhergetrabt. Wir sind im West Village, so viel weiß ich, aber sonst?

»Wo wollt ihr jetzt hin?«, frage ich lässig, als hätte ich die Situation voll im Griff.

Ronja schaut auf ihr iPhone. »Ist hier nicht Little Italy in der Nähe? Das würde ich gerne sehen.« Sie schießt einen Blick zu mir rüber. »Aber wenn dir das zu touristisch ist …«

»Gute Idee«, sagt Rainer. »Da muss ich immer an *Der Pate* denken.«

Okay, er meint bestimmt die Filme. *Der Pate* eins, zwei und drei, die kenne ich von Taylor, mit dem ich ständig Filme sehe.

»Jona?«

»What?«

»Weißt du, wo es langgeht, oder sollen wir den Routenplaner befragen?«, fragt Rainer und nimmt sein Handy heraus, das im selben Moment klingelt. Er schaut auf das Display. »Oder vielleicht sollten wir erst einmal irgendwo was essen gehen.«

Ich atme erleichtert auf, da ich erstens tierische Kopfschmerzen habe und zweitens einen Wahnsinnshunger.

Mit Taylor gehe ich zum Essen meistens in irgendeinen billigen Burgerladen, aber im West Village findet man eher diese kleinen teuren Läden, wo es tausend verschiedene Kaffee- und Teesorten gibt und man für ein Sandwich ein Vermögen zahlt. Ich werde etwas nervös, als wir eines dieser Cafés betreten, denn mein Taschengeld ist nicht gerade üppig, aber zum Glück stellt Rainer gleich klar, dass ich eingeladen bin.

Es ist Mittagszeit und richtig voll, und zwar hauptsächlich mit Geschäftsleuten aus der Gegend. Wir quetschen uns zu dritt an einen Tisch, an dem zwei Typen sitzen, die sich über Aktienanlagen unterhalten. Rainer holt sein Handy raus.

»Ich muss kurz zurückrufen, bestellt einfach schon«, sagt er und verschwindet nach draußen.

Ronja seufzt, und ich verstehe sie. Journalisten müssen ständig telefonieren, und dann sitzt man da und wartet und wartet. Wir sehen Rainer hinterher und tauschen einen kurzen Blick in tiefem Einverständnis und merken erst dann, was geschehen ist. Waffenstillstand?

Einer der Hipster-Kellner bringt uns eine Karte, in die wir gemeinsam gucken. Und da ist er wieder, dieser tolle Duft. Heute Nacht hat er mich die ganze Zeit eingehüllt. Nach Haarshampoo und Bodylotion, nach Mädchen. So können nur Frauen riechen. Ich lehne mich etwas zu Ronja rüber, während ich so tue, als ob ich in die Karte schaue. Oh Mann, nach diesem Geruch könnte ich süchtig werden.

# Ronja

**IST JA MAL WIEDER TYPISCH,** dass mein Vater mich irgendwo abstellt, um zu telefonieren. Von wegen Hunger, immer der gleiche Trick, da ich in einem Café oder Lokal nicht weglaufen kann. Aber, hallo Papa, mittlerweile bin ich fünfzehn und laufe nicht mehr weg!

Jona sieht zu mir und macht eine winzige Bewegung mit dem Kopf, und ich weiß, er versteht mich. Ich muss lächeln. Klar, seine Mutter ist auch Journalistin.

Wir sehen zu zweit in die Karte, die aussieht, als ob ein Graphikdesigner sie mit der Hand geschrieben hätte, die Preise sind astronomisch.

Jona lehnt sich zu mir herüber, und ich rieche den Alkohol, der ihm aus allen Poren zu strömen scheint.

»Wie viel hast du denn gestern getrunken?«

Er sieht mich mit großen Augen an. »A lot?«

Ein schlanker Typ mit einer langen schwarzen Schürze kommt an den Tisch und will die Bestellung aufnehmen. Jona lässt mir den Vortritt.

»Coffee and …« Ich starre auf die Gerichte und Desserts,

die auf einmal aus lauter unbekannten Vokabeln zu bestehen scheinen.

»Cheesecake«, vollendet Jona den Satz. »Same for me, please.«

Obwohl es ziemlich frech von ihm ist, für mich mitzubestellen, bin ich erleichtert, dass er mir geholfen hat.

»And a glass of water, please«, füge ich hinzu, als der Kellner sich schon fast wieder umgedreht hat.

»Sparkling or still?«

Ich zögere, denn ich habe mehr an Leitungswasser gedacht.

»Tap water, please«, sagt Jona, und ich nicke.

Dann schweigen wir beide. Keiner will den Anfang machen. Eigentlich reden wir nämlich gar nicht miteinander. Klar, Jona ist viel zu cool, um sich mit mir zu unterhalten. Schon verstanden. Aber ich kann nicht die ganze Zeit hier sitzen und mit ihm schweigen.

»Du fliegst am Wochenende nach Deutschland, oder?«, frage ich daher schließlich. »Wohin denn?«

»Börlin«, sagt Jona.

Na, das ist ja toll. Er ist ungefähr genauso gesprächig wie mein Vater.

Der Kellner kommt mit dem Kaffee und dem Kuchen und einem Glas Leitungswasser. **Tap water.** Muss ich mir merken. Ich krame in meiner Tasche, lege den Fotoapparat auf den Tisch und buddele nach den Alka-Seltzer, die ich immer dabeihabe, weil mein Vater ziemlich oft einen Kater hat, wenn er bis abends spät mit Kollegen irgendwo versackt ist.

Ich finde die Brausetabletten, werfe eine in das Glas Wasser und reiche es Jona.

»Good for …«

Was heißt Kater auf Englisch?

Jona starrt auf das Glas. »What's that?«, fragt er skeptisch.

Ich tippe an meinen Kopf »Alka-Seltzer. For your … headache?«

Er grinst. »A hangover pill?«

Ich nicke. Hangover pill. Englisch ist wirklich eine tolle Sprache.

Jona zeigt auf meine Kamera. »May I …«

Ich schiebe sie ihm hin, und Jona untersucht sie.

»Wow! My dream camera.«

Er schaltet sie ein, nimmt den Objektivdeckel ab, ein fragender Blick zu mir. Okay, er kann ein Bild machen. Aber als ich zustimme, fotografiert er gar nicht, sondern skippt sich nur durch meine Bilder. Er nickt anerkennend, und mir wird ganz heiß vor Aufregung. Ich erinnere mich an die großen Fotocollagen in seinem Zimmer, und mir wird klar, dass er sie aus seinen eigenen Fotos zusammengestellt hat. Er versteht etwas vom Fotografieren.

Jona deutet auf eines der Bilder von der High Line. »Great sky and the yellow cabs …«

Ja, genau das gefällt mir an dem Bild auch. Die gelben Taxis und dazu der dunkelblaue Himmel, aber trotzdem sieht es nicht wie eine dieser typischen New-York-Postkarten aus.

»And this one.«

Ich beuge mich zu ihm hinüber, seine dunklen Locken kitzeln mich im Gesicht. Mein Herz schlägt schneller, und ich bin mir nicht sicher, ob es daran liegt, dass er meine Bilder ansieht oder ich ihn langsam zu mögen beginne.

Jona klickt sich weiter durch meine Bilder, und auf einmal ist er bei den Aufnahmen, die ich noch in Berlin gemacht habe. Oder besser, Sonja von mir, als wir am letzten Tag zusammen in der Stadt unterwegs waren. Ich balanciere auf der Lehne einer Parkbank und lache, im nächsten Moment bin ich abgesprungen oder eigentlich gefallen, aber das zeigt das Foto zum Glück nicht. Jona starrt auf das Bild, dann schaut er mich mit einem seltsamen Blick an und lächelt.

Als mein Vater zurückkommt, haben wir unseren Kaffee und Kuchen schon eine Weile aufgegessen und uns dabei die ganze Zeit in einem Mischmasch aus Deutsch und Englisch über das Fotografieren unterhalten. Und ich verstehe: Jona ist überhaupt nicht schweigsam, wenn er in seiner Sprache reden kann.

Mein Vater strahlt, vermutlich ein neuer Auftrag, murmelt eine Entschuldigung, bezahlt die Rechnung und nimmt sich einen Coffee to go mit auf den Weg.

»Wohin jetzt?«, fragt er.

Ich möchte unbedingt noch **Little Italy** sehen, den Stadtteil, in dem sich die zugewanderten Italiener ihr kleines Italien aufgebaut haben. Ich habe Fotos im Internet davon gesehen, obwohl mein Vater sagt, es ist alles nicht mehr so wie früher, als dort hauptsächlich Italiener gewohnt haben.

»Okay?«, fragt mein Vater Jona, und er zuckt mit den Achseln. Ihm ist alles zu touristisch, aber ich bin eben eine Touristin.

Wir laufen die Bleeker Street hinunter, in der es keine Wolkenkratzer gibt, ganz im Gegenteil, fast ist es, als wäre man in irgendeiner europäischen Stadt, vielleicht London oder Paris, Städte, die ich allerdings auch nur aus Filmen kenne. Lauter bunte, dreistöckige Häuser und kleine Läden. Ich fotografiere, und Jona schlendert betont lässig neben meinem Vater her und tut wieder so, als wäre ich Luft und er hätte nichts mit dieser fotografierenden Touristin zu tun.

Von mir aus!

Dann sind wir in Little Italy, was ich mir wirklich viel spektakulärer vorgestellt habe. Ich blicke mich um. Little Italy ist tatsächlich nur noch sehr **little**.

»Ciao, Bella!«, ruft ein junger Typ im weißen T-Shirt, der in einer mehligen Schürze vor einer Pizzeria steht und raucht. Es ist wie in einem Film. Vielleicht ist er auch gar nicht echt und nur als Touristenattraktion beschäftigt?

Mein Vater erklärt uns, dass nur noch etwa fünf Prozent der Bewohner Italiener sind und die meisten der typischen Pizzerien und Bars verschwunden sind. Okay, das ist der Vorteil daran, dass mein Vater Journalist ist. Er weiß immer Bescheid über die Orte, an die wir reisen, und wenn er etwas erklären kann, redet er auch gerne. Er erzählt, dass die Besiedlung von New York 1624 begann, als dreißig niederländische Familien dort ankamen. Hier lebten zu der Zeit Indianer, und ihr Gebiet nannten sie **manna-hatta**. Kurz darauf kauften die Niederländer ihnen die Halbinsel für sechzig Gulden ab und tauften sie in **Nieuw Amsterdam** um. Ich finde es eine ziemliche Frechheit, dieses riesige Gebiet nur für sechzig Gulden zu kaufen, das hört sich nicht gerade nach einem Vermögen an.

»Amerika ist eben ein Einwanderungsland«, sagt mein Vater. »Und alle, die ankamen, haben ihre Kultur und ihre Wertvorstellungen mitgebracht. Die Niederländer waren Handelsleute, und sie haben gut verhandelt.«

»Oder die Indianer betrogen«, sage ich.

Jona hört uns schweigend zu, obwohl ich mir sicher bin, dass er uns versteht.

»Was denkst du, als Amerikaner?«, frage ich ihn schließlich.

Jona blinzelt. »Bin ich ein Amerikaner?«

»Sicher!«, sagt mein Vater. »Du bist auch eingewandert, und nun lebst du hier. Genau wie viele andere, die hier nicht geboren sind.«

Jona sieht skeptisch aus, und ich verstehe ihn. Seine Eltern sind Deutsche, es ist nicht wie bei Taylor, der uns **die Germans** nennt und ein eindeutiger Amerikaner ist.

»Ich zeig euch mal was«, sagt mein Vater und winkt uns über eine Straße. Er kennt New York von früher, und ich ahne, was er vorhat.

Tatsache. Es ist genau so, wie er es mir immer beschrieben hat. Wie in einem Computerspiel, wenn man das Level wechselt, denn auf der anderen Straßenseite beginnt **Chinatown**. Auf einmal sind wir alle Fremde. Überall hängen Schilder mit chinesischen Schriftzeichen, die keiner von uns versteht.

Asiatische Verkäufer stehen in ihren Hauseingängen und Läden an offenen Marktständen und bieten Fisch und Kräuter und sehr billige Haushaltsartikel an, die ich zum Teil noch nie gesehen habe.

»Sind das hier Amerikaner?«, fragt mein Vater.

Jona zuckt mit den Schultern.

»Ich weiß es auch nicht«, sagt mein Vater. »Einige sind eingewandert, andere hier geboren, wieder andere vielleicht illegal hier. Aber kommt es darauf an? Was bist du, Jona?«

Jona blinzelt unsicher, einen Blick, den ich mag, weil er nicht so überheblich ist.

Er grinst. »Beides?«

Wir gehen die Marktstände entlang. Außer Touristen sind nur Asiaten auf der Straße und an den Ständen, alle reden Chinesisch oder Mandarin oder sonst was, und ich verstehe kein Wort. Ich bleibe an einem Fischstand stehen, weil ich die meisten Fische auch noch nie gesehen habe. Noch nicht mal in einer Doku.

»Ronja?«

Jona grinst. Er hat einen Fisch aus der Auslage genommen, hält ihn mir vors Gesicht, bewegt das Maul auf und zu und senkt seine Stimme. »How are you?«

Ich muss lachen. »Fine, thank you. And you?«

»Well, not good. I am so fucking dead!« Er verdreht die Augen. »Please buy me.«

Der Verkäufer, ein kleiner, dauerlächelnder Asiate, kommt eilig näher und legt den Kopf schief. Jetzt gibt es Ärger, denke ich, aber Jona wiegt den Fisch nur fachmännisch in der Hand, als wollte er ihn kaufen, und erkundigt sich nach dem Preis.

»Twenty Dollar?«, sagt der Verkäufer mit einem asiatischen Akzent.

Jona reißt die Augen auf und sieht fragend zu mir. Er zieht eine totale Show ab und schaut dem Fisch tief in die Augen. »Nein, ich kann ihn nicht kaufen. He's so fucking dead …«

»Wenn du den Fisch anfasst, muss du ihn bestimmt auch kaufen.«

Jona grinst. »Nein, nein, das ist hier ganz anders. Anfassen gehört dazu.«

Er legt ihn sanft zurück in die Kiste.

»Thank you«, bedankt er sich ernst beim Verkäufer, legt die Hände zusammen und macht eine tiefe Verbeugung. Ich verbeuge mich ebenfalls ernst, aber dann müssen wir beide lachen.

Wir gehen weiter zu einem Kräuterstand, und ich bleibe stehen. Eine sehr alte Asiatin schlurft in Bastsandalen vorbei und nimmt Knollen und Wurzeln in die Hand, riecht daran, legt sie zurück. Ich habe keine Ahnung, was das für Sachen sind, und schon gar keine Ahnung, was man damit macht. Kochen? Sie einnehmen? Sie auftragen? Verbrennen? Ich rieche an einer Wurzel, und der Händler beginnt, in einem asiatisch-englischen Singsang auf mich einzureden und mir zu erklären, was ich alles damit machen kann. Ich verstehe kein Wort. Er drückt seine Hände auf sein Herz und nickt verschwörerisch zu Jona.

Was?

»Ginseng«, sagt mein Vater, lächelt freundlich und kauft die Wurzel. »Die Wurzel gilt in Asien als Sinnbild von Gesundheit und langem Leben. Die Asiaten schätzen es auch als Potenzmittel.«

Ich verziehe das Gesicht. Na danke!

Der Verkäufer, der vielleicht denkt, wir unterhalten uns über etwas anderes, kommt richtig in Fahrt. Er holt ein Bündel mit Kräutern und erklärt mir in Zeichensprache, dass ich es anzünden und damit räuchern soll. Er wedelt mit den Armen, verdreht die Augen. Und wieder legt er die Hände auf sein Herz und zwinkert in Jonas Richtung. Moment mal, ist das etwa ein Liebeskraut? Ich will doch Jona nicht in mich verliebt machen! Der Verkäufer wendet sich an meinen Vater und deutet auf Jona. Superpeinlich.

Jona tut so, als ob er das alles nicht mitbekommt. Na klar. Er ist wieder Mr Obercool. Hände in den Hosentaschen, Blick auf irgendeines der chinesischen Schilder, die an den Kräutern stecken, als ob er die lesen könnte.

Eine alte Frau kommt von hinten aus dem Laden. Sie hat ein ganz zerknittertes Gesicht, ist zwei Köpfe kleiner als ich und tätschelt meinen Arm.

»Love!«, sagt sie und nickt zu Jona. Ich schüttele den Kopf.

»Yes, yes!«, sagt sie und drückt mir ein kleines Origamiherz in die Hand.

Mein Vater sieht entschuldigend zu mir und kauft auch noch das Kräutersträußchen, was die Sache nicht besser macht. Ich hoffe, Jona kriegt das alles nicht mit. Am liebsten würde ich alle Wurzeln und Kräuter zurückgeben, aber das asiatische

Pärchen ist so begeistert, dass ich die Kräuter lieber einstecke und mich bedanke. Na ja. Vielleicht sollte ich sie einfach irgendwann für Till verbrennen.

# Jonathan

**EINEN GANZEN TAG LANG** mit einem Kater in brüllender Hitze in Manhattan rumzurennen, ist echt kein Vergnügen. Wenn es stimmt, dass das Gehirn von Alkohol Schaden nimmt, dann hat meines auf jeden Fall etwas abbekommen, denn irgendwie weiß ich keine einzige deutsche Vokabel mehr. Unfassbar, dabei habe ich die Sprache mal fließend gesprochen. Na ja, vermutlich war mein Wortschatz damals beschränkt, und Worte wie Alka-Seltzer kamen bestimmt nicht darin vor. Diese Brausetablette, die mir Ronja gegeben hat, ist meine Rettung, auch wenn es merkwürdig ist, dass sie hangover pills in ihrer Handtasche durch die Gegend schleppt.

Ich sehe unauffällig zu ihr rüber. Wir fahren im Taxi zurück nach Hause, und sie starrt aus dem Seitenfenster, als ob ich die Pest hätte. Dabei hatte ich zwischenzeitlich sogar das Gefühl, wir könnten uns gut verstehen. Es ist süß, wie sie sich für alles begeistert, und wenn sie sich aufregt, zieht sie die Augenbrauen ganz weit hoch und hat diesen empörten Blick. Auch irgendwie süß. Aber am besten war, wie sie den asiatischen Händler in Chinatown angesehen hat, als er ihr seine Liebeskräuter verkaufen wollte! Absolut empört. Klar, sie hat einen Freund. Dan. Natürlich hat jemand wie Ronja einen Freund.

Als wir ankommen, sitzt Taylor nebenan auf der Treppe und raucht seine Feierabendzigarette. Wir steigen aus, und ich winke ihm zu. Er winkt zurück und dann zu Ronja. Taylor ist einer der coolsten Typen, die ich kenne. Er kann eine Kippe im Mund halten, während er an einem Oldtimer rumschraubt, und dabei noch über irgendein Mädchen sprechen, das er am Tag davor verführt hat.

Meist treffen wir uns am Abend, wenn er aus der Werkstatt kommt, und reden, aber gerade scheint Ronja ihn mehr zu interessieren. Er beugt sich weit über das Geländer der Treppe zu unserer Seite und lächelt charmant. »Hey, darling.«

Ronja wird rot. Und plötzlich ist da dieses Gefühl, was ich mal Eifersucht nennen würde, wenn es nicht so absurd wäre. Warum und worauf sollte ich denn eifersüchtig sein?

Ich schließe Ronja die Tür auf, sie geht rein, und Taylor macht eine fragende Kopfbewegung, ob er mit zu uns kommen kann, aber ich wiegele das gleich mal ab und deute zu seiner Seite. Wir können ja zu ihm gehen, denn schließlich habe ich kein Zimmer mehr, in das wir uns zurückziehen können.

Taylor wohnt mit seiner Mutter und zwei kleinen Brüdern zusammen. Sein Vater ist schon lange ausgezogen, und Taylor ist so etwas wie ein Ersatzvater für seine Geschwister geworden. Als wir ins Haus kommen, hängen sie vor dem Fernseher und spielen Games. Ich grüße sie kurz und gehe dann mit Taylor nach oben in sein Zimmer.

Taylor hat eine Klappcouch, die er eigentlich immer ausgeklappt hat, außer, wenn er Besuch von einem Mädchen hat. Dann dauert es allerdings auch nicht lange, bis er sie wieder ausklappt. Feste Freundin? Fehlanzeige bei Taylor, da kommt als Erstes seine Familie, dann die Autos und dann vielleicht ich, als sein Freund.

Er wirft sich in einen verschlissenen Sessel, und ich setze mich auf die Bettkante. Ich bin echt froh, dass ich jetzt endlich wieder Englisch reden kann.

Er fragt, wie es war, und ich erzähle kurz von der High Line und unserem Abstecher nach Little Italy und Chinatown.

»She's cute«, sagt Taylor, und ich weiß natürlich, dass er Ronja meint. »Hey, sie kann zur Party kommen«, schlägt er vor.

Die Party. Taylor macht eine Ausbildung zum Automechaniker in einer Werkstatt hier in Brooklyn, in der hauptsächlich Oldtimer und alte Motorräder repariert werden. Einmal im Sommer feiert die Werkstatt ein Fest, und alle kommen mit ihren alten Autos und Motorrädern, es wird gegrillt, eine Hillbilly-Band spielt Musik, und es wird die ganze Nacht getanzt und gefeiert. Es ist eines der Highlights des Sommers, nicht nur für mich, sondern für die ganze Gegend. Auf diese Party habe ich verzichtet, um mit Cheyenne zum Campen zu gehen, woran sie eigentlich hätte erkennen müssen, wie groß meine Liebe für sie ist. Wie konnte sie mich so im Stich lassen? Aber gut, nun kann ich auf die Party gehen. Die Sache ist nur: Was soll ich auf einer Party ohne Cheyenne?

»Ach, jetzt hör doch endlich mal auf mit Cheyenne«, sagt Taylor, der einfach nicht versteht, wieso sie mir so wichtig ist. Hey, sie ist meine erste feste Freundin, wir hätten in ein paar Wochen Einjähriges!

»Sie kommt bestimmt zu dir zurück.«

»Denkst du?«, frage ich hoffnungsvoll, obwohl ich mir die ganze Zeit vornehme, Cheyenne zu vergessen. Vergessen, vergessen, vergessen. Was natürlich nicht klappt, wenn ich ständig über sie nachdenke.

»Sure«, sagt Taylor und spielt mit einem der kleinen Modellautos, die überall in seinem Zimmer herumstehen.

Er nickt mir zu. »Und – du willst doch nichts von ihr, oder?«

»Wem?«, frage ich, dabei ahne ich, wen er meint.

»Ronja! Und … na ja, sie kann ja auch bei mir schlafen, dann hast du dein Zimmer wieder.«

Yeah, natürlich!

»Hey, sie sind unsere Gäste«, sage ich. »Und … außerdem hat sie einen Freund.«

Okay, ich weiß zwar, dass Taylor das von nichts abhält, aber einen Versuch ist es wert. Er sieht fragend zu mir.

»Er heißt Dan«, erkläre ich, als hätten Ronja und ich uns stundenlang darüber unterhalten.

»Dan, the German«, sagt Taylor nicht sehr überzeugt.

»Ja, Dan. Der ist groß und blond und … stark.«

Taylor blinzelt ungläubig, es ist echt schwer, ihn anzulügen.

»Echt jetzt?«

Zum Glück klingelt mein Handy. Es ist meine Mutter.

»Es gibt Essen, ich muss rüber, die warten schon auf mich.«

»Was gibt es denn?«, fragt Taylor und steht auf.

»Nichts Besonderes«, sage ich, obwohl ich keine Ahnung habe.

Er macht ein Zeichen, dass ich ihm das Handy geben soll, und ich seufze.

»Hey, Mona, kann ich mitessen?«, fragt er, smart wie immer.

»Klar«, höre ich meine Mutter.

Als wir in die Küche kommen, ist schon für fünf Leute gedeckt, denn eigentlich isst Taylor fast immer erst bei uns und danach noch mal bei sich.

Ronja sitzt frisch geduscht am Tisch und sieht toll aus. Ich stehe total darauf, wenn Mädchen nasse Haare haben und ihre Schminke etwas verwischt ist. Cheyenne versteht das leider nicht, sie will immer perfekt sein.

Ich will mich neben Ronja setzen, aber Taylor ist schneller und schnappt sich den Platz. Irgendwie passt es mir überhaupt nicht, wenn er sich hier einmischt, aber ich will jetzt kein großes Theater machen und setze mich neben meine Mutter und sehe auf den Tisch.

Okay, was ist hier los?

Sie hat ihre Spezial-Gemüselasagne gekocht, dazu gibt es Weißwein und teures Mineralwasser. Sonst trinken wir nur

Leitungswasser. Außerdem ist sie geschminkt und hat die Haare anders, als wäre sie statt im Büro beim Friseur gewesen. Hallo?

Ich sehe von Rainer zu ihr. Läuft da etwa etwas zwischen Hank Californication und meiner Mutter? Kann das sein?

Taylor lobt den Auflauf, die Tischdekoration und schmeichelt sich gleich in das Herz meiner Mutter, falls da gerade noch Platz ist. Aber wenn Rainer es auf meine Mutter abgesehen hat, habe ich da auch noch ein Wörtchen mitzureden. Hat Ronja keine Mutter und Rainer keine Frau?

Ich blinzele zu Ronja, um zu sehen, wie sie das wohl alles findet, aber sie unterhält sich auf Englisch mit Taylor.

»I'd like to come«, sagt sie gerade, und ich ahne, dass Taylor sie zu der Party eingeladen hat. Hätte er das nicht mir überlassen können? Aber, sure, er beginnt gleich, Ronja mit seinem unwiderstehlichen Charme einzuwickeln.

»Und was habt ihr morgen vor?«, fragt meine Mutter Rainer.

Er zuckt unschlüssig mit den Schultern.

»Hast du nicht Lust, mit mir ins Büro zu kommen? Ich könnte dir meine Kollegen vorstellen.«

»Absolut!«, sagt Rainer, und die beiden strahlen sich an.

Meine Mutter beugt sich zu mir. »Und du kannst Ronja dann die Stadt zeigen.« Sie flüstert. »Ich gebe dir zwanzig Dollar mit, dann könnt ihr irgendwo zusammen essen gehen.«

Aha. Ich werde den Verdacht nicht los, dass sie mich und Ronja ganz schnell loswerden will, damit sie mit Rainer Californication allein sein kann.

»Why don't you call on me?«, höre ich Taylor zu Ronja sagen. Na klar, jetzt lädt er sie auch noch in die Werkstatt ein.

So macht er das immer mit den Mädchen. Erst die Werkstatt, dann sein Zimmer, dann das Bett. Ich beuge mich an Taylor vorbei zu Ronja.

»Morgen, wir gehen beide nach Manhattan. Allein.«

Sie wird rot. »Allein?«

Okay, sooo meinte ich das natürlich nicht.

»Rainer geht mit in mein Büro, und Jona kann dich dann in Manhattan begleiten«, erklärt meine Mutter.

Ronja nickt. »Okay.«

Taylor sieht fragend zu mir, und ich übersetze es ihm. Klartext: **Ich** gehe morgen mit Ronja in die Stadt.

Er kneift leicht die Augen zusammen und grinst dann breit.

»Yeah, I understand«, sagt er gedehnt und flüstert: »Not interested? Really?«

## Ronja

**ES IST SELTSAM,** vom Tisch aufzustehen und in Jonas Zimmer zu gehen, während er sich auf die Couch im Wohnzimmer setzt. Irgendwie nicht richtig.

»Willst du in deinem Zimmer schlafen?«, frage ich ihn, als er mir den Vortritt im Bad lässt.

Er sieht mich mit großen Augen an. »No. It's fine!«

»Und … du musst mich auch morgen nicht nach Manhattan begleiten«, sage ich, da ich den Eindruck habe, seine Mutter erwartet es von ihm, obwohl er gar keine Lust hat. Die ganze Zeit beim Essen hat er so finster zu mir herübergesehen. Als wir am Tisch saßen, habe ich gehört, wie seine Mutter ihm Geld angeboten hat. Zwanzig Dollar. Vermutlich dafür, dass er mir die Stadt zeigt. Bestimmt hasst er mich.

»No, it's really okay.«

Okay, er ist höflich.

»Bis morgen«, sage ich, und er nickt.

»See ya!«

Als ich im Bad in den Spiegel sehe, sind meine Wangen feuerrot. So rot waren sie das letzte Mal, als ich Till angesprochen habe und danach in die Waschräume unserer Schule geflüchtet bin. Denn das war sehr aufregend. Und peinlich. Er hat einfach so getan, als ob ich gar nicht da wäre!

Ich wasche mich, putze mir die Zähne und versuche, meine Gedanken zu ordnen. Und meine Gefühle. Meine unglückliche Liebe zu Till. Und dann wäre da Taylor, ein typischer Herzensbrecher und genau der Typ, auf den Sonja stehen würde. Ich nicht. Oder? Er ist wenigstens nett und meint es vielleicht sogar so. Und was ist mit Jona? Ich spüre ein Flattern im Magen, wenn ich an ihn und morgen denke. New York!, sage ich mir, ich bin einfach nur aufgeregt wegen der Stadt. Ich möchte den Central Park sehen, und die Upper East Side, wo *Gossip Girl* spielt. Und ich muss mich unbedingt auf die Stufen des Metropolitan Museums setzen und einen Hotdog essen. Und dann den Times Square, mit all seinen Videoleinwänden und Leuchtreklamen.

Als ich aus dem Bad komme, bleibe ich auf dem Flur stehen. Durch einen Türspalt sehe ich Jona. Er sitzt mit nacktem Oberkörper regungslos nach vorne gebeugt auf der Couch und hat seinen Kopf in den Händen vergraben. Bestimmt denkt er an Cheyenne. Ich bleibe einen Moment stehen und beobachte ihn.

Aus der Küche höre ich meinen Vater und Mona lachen. So hat mein Vater schon lange nicht mehr gelacht. Ich lehne mich an die Wand im Flur, atme langsam ein und aus und fühle mich sehr einsam.

In Jonas Zimmer ist es dunkel, ich taste nach dem Lichtschalter, und drei Spots an der Decke schießen ihre Lichtkegel an die Wände. Jeder ist auf eine der großen Fotocollagen gerichtet. Okay, spot on für die Jona-Show. Ich gehe näher, um mir die Bilder anzusehen. Sie sind wirklich gut. Jona hat Landschaftsbilder und Menschen und Bilder von Gegenständen zu Gruppen zusammengestellt. Von Weitem fallen erst einmal nur die Farben auf, aber je näher man herangeht, desto mehr Details kann man entdecken. Taylor, der sich ein Hirschgeweih auf den Kopf setzt und grinst. Cheyenne, die sich die Haare kämmt, eine offene Hand, in der ein Kronkorken mit einem Stern liegt. Es sind richtige kleine Geschichten, die etwas über Jona, sein Leben, seine Freunde erzählen. Ein Leben, das mir auf einmal viel aufregender als mein Leben vorkommt. Und mittendrin ein Bild von Jona, das bestimmt Cheyenne gemacht hat, denn sein Blick ist offen und sehr verliebt. So sollte Till mich einmal ansehen.

Ich lasse mich auf das Bett fallen. *Till, der mich ignoriert.* Ich spüre etwas in der Bauchtasche meines Hoodies. Das kleine Kräutersträußchen! Ich weiß, dass das Hokuspokus ist. Aber vielleicht klappt es ja trotzdem. Ich setze mich auf und hole die Streichhölzer, die ich immer dabeihabe, seit ich in Till verliebt bin. Falls er mich mal nach Feuer fragt. Was ein toller Plan ist, aber leider noch nie aufgegangen ist. Ich zünde die Kräutermischung an, schwenke sie durch den Raum und denke dabei ganz fest an meine große Liebe. Verlieb dich in mich! Das muss einfach klappen.

Die Kräuter glimmen schwach und verströmen einen ekelerregenden Geruch, den man kaum aushalten kann. Was ist das? Ich reiße das Fenster auf und drücke sie schnell auf der Fensterbank aus. Das soll gut für die Liebe sein?

Am nächsten Morgen fahren wir wieder zu viert nach Manhattan. Geplant ist, dass Mona uns am Central Park absetzt und dann mit meinem Vater weiter in ihr Büro fährt.

»Wusstet ihr, dass man sich bei der Planung des Parks an europäischen Vorbildern orientiert hat?«, sagt mein Vater. »Sie haben einen Wettbewerb ausgeschrieben, und es gab dreiunddreißig Vorschläge für die Gestaltung. Gewonnen hat ein Entwurf, bei dem verschiedene Gegenden der USA als Naturpark nachgebildet werden sollten.«

»Ach ja?«, sagt Mona.

Jona sieht mich fragend an, und ich übersetze es ihm.

»Really?«

Mein Vater dreht sich zu uns nach hinten. »Und wisst ihr, dass die *Rolling Stones* den Central Park in einem Song verewigt haben?«

Mein Vater liebt die *Rolling Stones*, und – oh, mein Gott – ich hoffe, er singt jetzt nicht.

»Nein. In welchem denn?«, fragt Mona, und mein Vater räuspert sich.

»Paps?«, sage ich und beuge mich nach vorne. »Wir kennen den Song doch alle, oder?«

»Ach ja? Kennt ihr alle *Miss you*?«

»Ich nicht«, sagt Mona und lacht.

Ich wette, sie lügt. Sie will nur, dass mein Vater singt. Und er tut es natürlich.

»I've been walking in Central Park
Singing after dark
People think I'm crazy.«

Jona grinst mich an. Okay, ja, ich finde den Gesang meines Vaters auch peinlich und bin nur froh, dass er im Auto sitzt und nicht auch noch Mick Jaggers Tanzbewegungen nachahmen kann.

»I've been stumbling on my feet
Shuffling through the street
Asking people, what's the matter with you, boy?«

Bei den letzten beiden Zeilen singt Mona mit, wusste ich es doch, natürlich kennt sie den Song. Jona wirft mir einen entsetzten Blick zu. Was ist mit unseren Eltern passiert?

Ehrlich, ich bin froh, als wir am Central Park sind und aus dem Auto steigen können.

»Bis nachher, ihr kommt dann mit der Subway zurück?«, fragt Mona, und Jona nickt.

Vielleicht liegt es an New York oder der Hitze in Monas Auto, das keine Klimaanlage hat, dass mir schwindelig ist, vielleicht aber auch an meinem singenden Vater oder Jona, der neben mir steht und mich mit seinen großen braunen Augen fragend ansieht.

»Ice cream?«

Ich nicke. »Unbedingt.«

»Ich bin gleich zurück.«

Ich sehe ihm nach, und erst als er im *Grom*, einem großen italienischen Feinkostgeschäft, verschwunden ist, fällt mir auf, dass Jona Deutsch mit mir geredet hat, was irgendwie richtig nett ist.

Während ich warte, schaue ich mir auf meinem Handy an, wo wir gerade sind. Columbus Circle, direkt an einer der Ecken des Central Parks. Aber wenn ich Park sage, dann ist das irgendwie eine Untertreibung, denn er ist so groß wie ein ganzer Stadtteil, mit Straßen und Spielplätzen und Seen. Plural. Nicht nur einem See, sondern mehreren, und einem riesigen Wasserreservoir.

Als Jona mit zwei gigantischen Eistüten aus dem Laden kommt, mache ich von Weitem unauffällig ein Foto von ihm und simse es an Sonja.

»Das ist Jona«, tippe ich schnell dazu und stecke das Handy weg, bevor Jona bei mir ist.

Er hält mir beide Eistüten hin.

»Vanille und Erdbeere oder Zitrone und Schokolade?«

Ich muss grinsen. »Vanilla and chocolate.«

Jona starrt auf das Eis, dann lacht er. »No problem.« Er reicht mir die Erdbeer-Vanille-Eistüte. »Wir tauschen.«

Wir laufen die 59. Straße hinunter und in den Central Park. Dort tauschen wir die Eistüten, und es ist ganz selbstverständlich, als wären wir Geschwister oder sehr gute Freunde.

Im Park ist es angenehm schattig und nicht ganz so heiß wie auf der Straße, obwohl hier fast genauso viel los ist. Familien mit Kinderwagen, Touristen, Schulgruppen, und überall steht jemand, der ein Kunststück macht, zaubert oder etwas verkauft. Ich muss unbedingt Fotos machen.

»Hey, kannst du mal halten?«, sage ich zu Jona, und er kommt näher und legt seinen Arm um mich.

Ich muss grinsen. »Ich meinte das Eis.«

Er wird leicht rot, nimmt seinen Arm schnell wieder zurück und tut so, als wäre das nur ein Witz gewesen. Ich tue auch so, obwohl ich ein sanftes Kribbeln im Magen spüre.

Während Jona das Eis hält, hole ich meine Kamera heraus. Das erste Bild mache ich von Jona, wie er mit zwei Eistüten vor mir steht und immer noch leicht verlegen ist.

Ich weiß jetzt schon, dass es ein gutes Bild wird. Ein ehrliches. Mein Vater sagt, wenn er früher Bilder für die Zeitung ausgesucht hat, dann mussten es immer ehrliche Bilder sein. Ungestellt, aus dem Moment heraus, doch meist ist es schwer, diese Situationen zu erwischen, ganz besonders mit Menschen. Aber mit Jona ist es einfach, er lacht, und seine Augen sind riesig und offen.

Dann mache ich Bilder vom Park, den Leuten, den kleinen Ständen. Jona leckt mittlerweile an beiden Eistüten gleichzeitig.

»Hey, iss nicht alles auf.«

»You can talk …«

Er reicht mir das Eis und ich ihm die Kamera. »Willst du mal?«

Und dann stehe ich mit den zwei Eistüten in der Sonne und lecke auch an beiden Tüten, da das Eis in Sekunden schmilzt.

Jona macht natürlich sofort ein Bild von mir und grinst breit, als das Eis über meine Finger läuft und ich mich verrenke, um es abzuschlecken. Er neckt mich und albert herum, und wenn ich nicht wüsste, dass er eigentlich eine Freundin hat, würde ich sagen, er flirtet.

Immer, wenn ich Eis esse, bekomme ich riesigen Durst, und blöderweise habe ich meine Wasserflasche im Auto liegen gelassen. Ich will mir eine Flasche an einem der Verkaufswagen im Park kaufen, aber Jona hat eine bessere Idee und führt mich zu einem öffentlichen Wasserspender. Er steht auf einer Steinsäule. Man drückt auf einen messingfarbenen Hebel neben einem Kran, und ein perfekter Wasserbogen entsteht. Ich trinke, wasche mir die klebrigen Hände und gehe mit meinen feuchten Händen durch meine Haare. Ehrlich, wenn es ginge, würde ich unter dem winzigen Wasserstrahl auch gleich duschen, so heiß ist mir. Ich weiß, jeder andere würde jetzt seinen Hoodie ausziehen, aber ich brauche den Schutz und schiebe nur die Ärmel hoch. Jona starrt mich wieder mit diesem komischen Blick an.

»Was ist?«

»Nothing.«

Er reicht mir die Kamera zurück und trinkt auch etwas.

»Und jetzt?«, fragt er und saugt sich den Rest Wasser von den Lippen.

»Zum Metropolitan Museum!«

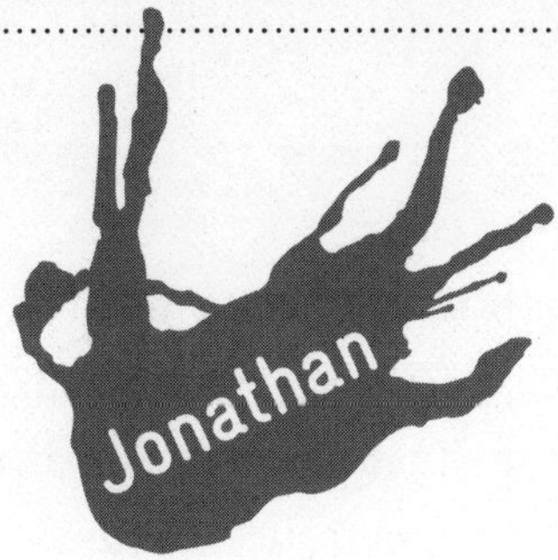


**ICH KRIEG EINEN KLEINEN SCHOCK,** als Ronja **Metropolitan Museum** sagt. Will sie jetzt echt ein Museum besuchen? Ich meine, ich mag **The Met**. Ganz besonders den großen, hohen Raum mit der schrägen Fensterfront und dem riesigen Torbogen. Ich hab schon wieder vergessen, aus welcher Zeit der genau ist, obwohl mein Vater es mir jedes Mal erklärt.

Mich interessieren mehr die Mumien in der altägyptischen Abteilung, die halb verwest in ihren bemalten Sarkophagen liegen. Als wir zum ersten Mal im Museum waren, war ich sechs, und meine Eltern waren noch zusammen. Tja, es gab eine Zeit, da waren wir eine richtige Familie. Da hat mein Vater mir erklärt, dass Sarkophag »fleischverzehrend« heißt, und ich habe mir dann vorgestellt, wie der Sarg die Leichen auffrisst. Hat so was *The Walking Dead*-mäßiges, und das finde ich immer noch total spannend. Aber dann gibt es noch die endlosen Räume mit schlechter Luft und den Gemälden, und echt, mit denen kann ich nicht so viel anfangen. Das waren dann die Räume, in denen meine Mutter sich hundert Jahre aufgehalten hat, und ich dachte, ich sterbe an Sauerstoffmangel oder Langeweile.

»Du willst Bilder sehen?«, frage ich und stelle fest, dass mir immer mehr deutsche Vokabeln einfallen. Einfach so, als hätte mein Gehirn eine Kiste geöffnet, in der lauter deutsche Worte liegen. Und ich dachte, die wären alle verzehrt worden.

»Nein, ich will nicht rein. Ich möchte mich nur auf die Stufen davor setzen.«

Hä? Ehrlich, was soll das denn bringen? »Why?«

Ronja erzählt mir von *Gossip Girl*, einer ihrer Lieblingsserien, und dass sie das einfach mal ausprobieren muss, genauso wie die Mädchen in der Serie. Die Serie kenne ich nur durch Cheyenne, aber ich habe noch nie eine Folge gesehen. Es geht wohl um irgendwelche steinreichen New Yorker Kids, die auf Privatschulen gehen.

»Aber die ist echt gut, die Serie«, sagt Ronja.

Okay, von mir aus.

Ich kenne den Weg durch den Park zum Metropolitan und führe Ronja genau bis vor die Stufen. Sie bleibt einen Moment stehen und staunt einfach nur. Das mag ich an ihr, dass sie sich für so viele ganz einfache Dinge begeistern kann. Ich meine, es ist doch nur ein großes, altmodisches Haus mit Säulen und Stufen davor. Wobei, zugegeben, mein Vater rastet hier auch immer aus.

Vor dem Museum ist wie immer viel los. Reisebusse halten, und Gruppen stehen mit ihren Führern herum, und auch die Stufen sind voller Menschen. Ronja und ich finden einen Platz an der Seite, aber auch hier sind überall Menschen. Kaum sitzen wir, wird es ganz ruhig. So als ob auf einmal die Welt um uns kreisen würde. Alles ist ganz still und zufrieden in mir. Seltsam.

»You like it?«, frage ich Ronja leise.

Sie grinst. »Ja. Fühlt sich gut an.«

»Wie ein Gossip Girl?«

Sie lacht laut, und einige Leute sehen zu uns rüber.

»No, absolutely not!«

Keine Ahnung, was sie damit meint, aber ihr Lachen ist einfach umwerfend.

»Und jetzt?«

Sie lächelt. »Jetzt fehlt mir nur noch ein Hotdog.«

»No problem! I'll get you one.«

Ich springe auf und sprinte die Stufen zu dem Hotdog-Wagen hinunter, der vor dem Museum steht. Na klar, ich muss mich an der langen Schlange anstellen, aber es stört mich nicht.

Während ich warte, sehe ich zu Ronja. Sie hat ihre Kamera herausgenommen und fotografiert. Endlich jemand, der genauso gerne wie ich fotografiert und der versteht, warum mir das so wichtig ist. Ronja macht gute Bilder. Cheyenne interessiert sich überhaupt nicht für Fotografie. Höchstens dafür, ob sie gut oder schlecht auf einem Foto getroffen ist. Eigentlich wird sie überhaupt nicht gerne fotografiert. Sie sagt, es liegt an ihren Vorfahren. Indianer glauben, man stiehlt ihre Seele, wenn man sie fotografiert, aber ich mache doch eigentlich genau das Gegenteil, denn alle Fotos von Cheyenne sind mir heilig, und nur die besten von ihr kommen in meine Collagen. Allerdings findet sie die auch nicht so besonders. Ihr wäre wohl lieber, ich hätte nur ein Bild von ihr gerahmt an der Wand oder vielleicht sogar ein Poster. Aber, hey, auch ohne Poster war ich immer das treueste Mitglied im Cheyenne-Fanklub.

Ronja strahlt mich begeistert an, als ich mit den Hotdogs zurückkomme. Ich habe vier geholt, da ich mir nicht sicher war, ob sie lieber mit oder ohne Zwiebeln mag und wie es mit Gurke ist. Ich erkläre es ihr, und sie lacht wieder laut und findet alles gut. Und dann nimmt sie mir zwei Hotdogs ab, und für einen Moment bin ich überrascht, da ich mir sicher war, dass sie nur einen nimmt und ich die übrigen aufessen muss. Oder darf. Wir essen schweigend, und ich finde es großartig, dass sie auch das Brötchen mitisst und nicht am Ketchup rummäkelt. Es ist fast wie mit Taylor, einfach nur entspannt.

»Wann fliegst du denn genau nach Berlin?«, fragt sie, als wir aufgegessen haben.

»Samstag.«

»Und was macht dein Vater in Berlin?«

Ich erkläre ihr auf Englisch, dass mein Vater Architekt ist und eine neue Familie hat und ich gerade einen Halbbruder bekommen habe.

Sie lächelt. »Ich beneide dich, ich hätte auch gerne Geschwister.«

Und dann hole ich echt mein Handy raus und zeige ihr ein Bild von Anton. Das habe ich noch nie jemandem gezeigt. Wir unterhalten uns beide darüber, wie süß er ist und überhaupt das beste Baby der Welt, und ich erzähle ihr, dass ich mich total freue, meinen Vater mal wieder zu sehen. Und dann, seltsam, schweigen wir auf einmal beide, und ich glaube, wir denken dasselbe. Gerade ist ihr Vater mit meiner Mutter unterwegs. Hank Californication. Tja, ich muss ihr einfach sagen, dass ihr Vater mich ein wenig an den Schauspieler aus der Serie erinnert.

Sie ist sofort empört.

»Ist das nicht so ein sexbesessener Autor? Und ist die Serie nicht ab achtzehn?«

Okay, ich sehe sie ja auch gar nicht, sondern Taylor. Er redet halt immer darüber, und bei ihm liegen die DVDs rum. Ist doch nur Sex. Und ich wollte ja auch gar nicht sagen, dass ihr Vater genauso ist, aber er hat immerhin meiner Mutter ein Lied vorgesungen, und das ist erstens ziemlich seltsam und außerdem ein Zeichen.

»Wofür?«, fragt Ronja und bekommt rote Wangen vor Aufregung.

»He's flirting«, sage ich, denn das ist ja wohl sonnenklar.

»Und deine Mutter war beim Friseur und lacht die ganze Zeit über seine Witze.«

Damn, das stimmt. Und die Witze sind noch nicht mal richtig gut. Ich gehe also besser zum Angriff über.

»Und wo ist deine Mutter?«

Sie sagt gar nichts, sondern nagt nur an ihrer Unterlippe.

Punkt für mich.

Bis sie mich ansieht und sagt: »Sie ist tot. Verunglückt, als ich zehn war.«

Okay, ich trete ziemlich oft in Fettnäpfchen, aber selten in so ein fettes. Tot?

Ronjas Unterlippe zittert, und sie sieht schnell weg.

Mist. Ich dachte nur an Scheidung, das Normale eben, nicht Tod. Irgendwie sage ich immer das Falsche.

»I'm sorry …«

Sie schickt mir einen tödlichen Blick, Mann, das hat sie echt drauf. Sicher hasst sie mich jetzt.

Ich reiche ihr eine von den Servietten, die mir der Hotdog-Mann mitgegeben hat, und sie schnappt zu und schnäuzt sich ziemlich genervt und unmädchenhaft.

Ich überlege, ob ich sie nach diesem Superfehltritt noch nach ihrer Mutter fragen kann. Wie sie war und ob Ronja sie auch so vermisst wie ich meinen Vater, aber mir fallen weder die richtigen Vokabeln ein, noch will ich, dass Tränen kommen, also schweige ich lieber.

Mein Handy klingelt, und ich ignoriere es. Dann fällt mir Cheyenne ein, und auf einmal ist es ganz klar. Sie ruft mich an. Ich fummele aufgeregt das Handy aus meiner Hosentasche, die Nummer ist mir unbekannt, aber vielleicht ruft sie ja aus dem Camp an. Logisch.

»Hey, Jona!«

Okay, es ist nur Taylor, der aus der Werkstatt anruft. Ich sacke ein wenig zusammen, langsam reichen mir die Tiefschläge.

»What's up?«

Taylor macht etwas Small Talk, fragt, ob ich nachher zu Hause bin, und kommt dann endlich zur Sache, denn nie im

Leben ruft er wegen solchen Selbstverständlichkeiten an. Es geht also um die Party, das Megaereignis, deshalb hat er angerufen.

»Is Ronja coming?«

Hey? Woher soll ich das wissen? Ich sehe zu ihr rüber und gebe mich betont lässig. Sie soll nicht denken, dass mich das irgendwie tangiert.

»Das ist Taylor am Telefon. Gehst du zu der Party?«

Sie sieht mich mit großen Augen an und zuckt mit den Schultern, als wäre ihr im Moment alles egal. Okay, meine Schuld.

»She's not sure«, sage ich kühl zu Taylor.

»What?«

Er soll bloß nicht so tun, als ob nicht alle Welt wüsste, dass er einen Couch-Plan hat. Und natürlich will er jetzt mit Ronja sprechen. Die übliche Taktik.

Sie nimmt das Handy zögernd, hört ihm schweigend zu und lächelt dann. Ja, verdammt, Taylor schafft es, sie zum Lächeln zu bringen. Und dann sagt sie zu. Verspricht zu kommen. Hebt sogar die Hand zum Schwur. Kichert. Echt, ich habe es so absolut satt, anderen beim Flirten und Mädchenverführen und Glücklichsein zuzusehen.

Sie beenden das Gespräch, und Ronja reicht mir das Handy zurück. Wir schweigen einen Moment.

»Sag mal …«, fragt sie schließlich.

»Ja?«

Ohne dass ich es will, klingt meine Stimme hoffnungsvoll, dabei weiß ich noch nicht mal, was ich erwarte.

»Hat … Taylor eigentlich eine Freundin?«

»No.« Ich winke ab und lache etwas zu laut. »He's not into girlfriends.«

Was natürlich der reine Schwachsinn ist, da man auch genau das Gegenteil sagen könnte: Taylor ist absolut der Typ für Freundinnen, da er nämlich ständig eine Neue hat.

## Ronja

ICH HABE ES MIR irgendwie aufregender vorgestellt, mich auf die Stufen des Metropolitan Museums zu setzen. Ich meine, so zu tun, als ob ich ein **Gossip Girl** wäre. Ich bin irgendwie genau das Gegenteil, denn ein **Gossip Girl** hätte doch nie in der Öffentlichkeit fast zu weinen angefangen, oder? Ich dachte, diese Serienmädchen und ich hätten ein paar Dinge gemeinsam. Die Mütter der Gossip Girls sind zwar nicht tot, aber auch ständig unterwegs und beschäftigt, und manchmal sind die Mädchen alle sehr allein. Genau wie ich. Aber ihre Mütter leben, und das ist ein Unterschied. Außerdem ist das Wichtigste für mich weder, viel Geld zu haben, noch irgendein Tratsch, sondern mit jemandem hier zu sein, der mit mir einen Hotdog isst und mit dem es einfach nur entspannt ist. Wie jetzt mit Jona. Allerdings glaube ich, er hasst mich. Wegen mir hat er kein Zimmer mehr, und mein Vater flirtet mit seiner Mutter. Hank Californication? Ist ja wohl 'ne Frechheit. Es ist doch genau umgekehrt: Seine Mutter macht meinen Vater an.

Wir gehen Richtung Downtown zurück und kommen an den prächtigen Hochhäusern der Upper East Side vorbei, wo sich nur sehr wenige eine Wohnung leisten können.

Hier sind sogar die Hauseingänge überdacht, damit die Bewohner auf dem Weg vom Taxi zu ihrem Haus nicht nass werden. Und vor jedem Haus steht eine Art Portier wie im Hotel. Diese Häuser wollte ich unbedingt sehen, den Luxus und alles, aber dann habe ich doch viel mehr Lust, wieder zurück in den Park zu gehen. Jona ist mit allem einverstanden und brütet wieder vor sich hin. Vermutlich will er den Tag einfach nur rumkriegen.

Wir laufen über einen der breiten Wege, und ich entdecke einen kleinen Stand, an dem ein sehr alter Schwarzer selbst gemalte Bilder verkauft. Es sind lange, schmale Kartonstreifen mit ganz zarten Aquarellzeichnungen vom Empire State Building oder anderen berühmten Hochhäusern in New York. Neben dem Stand hat der Mann seinen kleinen Arbeitsplatz aufgebaut, an dem er mit einer Feder zeichnet und die Bilder nachher farbig aquarelliert. Ich muss einfach stehen bleiben, ihm zusehen und seine Bilder bewundern. Am liebsten würde ich sie alle kaufen.

»How much?«

»One dollar.«

Ich drehe mich begeistert zu Jona um. Nur ein Dollar! Ich werde Sonja eins mitbringen und meinem Vater und mir selber eins kaufen und …

»Such dir eins aus, ich schenk dir ein Bild«, sage ich zu Jona. Er sieht mich überrascht an.

Der Mann hat alle Bilder nebeneinander auf einen großen Holzrahmen geklemmt, sie sehen aus wie Lesezeichen oder sind es vielleicht sogar. Manche Motive wiederholen sich, aber kein Bild ist gleich, da sie alle handgemalt sind. Ich wähle ein Bild vom Empire State Building, und Jona sucht sich eine bunte Szene vom Times Square aus. Dann kaufe ich noch ein Bild in Grau- und Blautönen für meinen Vater und ein buntes Bild für Sonja.

Wir laufen weiter Richtung See, den Jona nur **The Lake** nennt. Ich sehe mir die kleinen Zeichnungen an und hoffe, Sonja freut sich darüber, denn was sie sich aus New York gewünscht hat, sind eigentlich andere Sachen. Ich habe eine ganze Liste mit Kosmetikartikeln von ihr bekommen, die sie auf ihren Beauty Blogs entdeckt hat und die man nicht in Deutschland bekommt oder nur teuer bestellen kann. Allerdings sind wir jetzt im Park, weit weg von allen Geschäften.

Hinter dem See ragen die Hochhäuser auf, als hätte man sie dahintergeklebt, wie zwei Welten, die eigentlich nicht zusammengehören. Genau das gefällt mir. Ich versuche, es Jona zu erklären, fange auf Englisch an, wechsle aber dann auf Deutsch und habe auf einmal das Gefühl, ich kann beide Sprachen nicht mehr richtig. Aber Jona versteht mich auch so.

»Yeah, like in the movies!«

»Ja, wie in einem Film, wo sie immer vor einem blauen Hintergrund drehen und die Bilder dann später einsetzen.«

»Bluescreen!«

Wir grinsen uns an. Eigentlich verstehen wir uns am besten, wenn jeder in seiner Sprache redet.

Wir setzen uns auf eine Wiese und überlegen, wo wir als Nächstes hingehen sollen. Doch ehrlich gesagt finde ich es hier gerade sehr schön und genieße die Pause. Ich habe es auch gar nicht so eilig, auf den Times Square zu kommen, den sollte ich mir vielleicht sowieso besser bei Dunkelheit ansehen.

Jona lässt sich nach hinten fallen, liegt in der Sonne und schließt die Augen. Ich betrachte ihn erst verstohlen, dann ganz offen. Und stelle mir vor, wir wären Geschwister. Sehen wir uns nicht sogar etwas ähnlich? Nun ja. Seine Augen sind braun, ich weiß das, obwohl er sie jetzt geschlossen hat, und meine sind graublau. Und sein Mund ist, hm, viel breiter als meiner, und seine Lippen sind … ich rücke etwas näher an ihn heran, um das genauer beurteilen zu können, und natürlich öffnet er genau in diesem Moment seine Augen.

»S'up?«

Was wohl »What's up« heißen soll. Ich werde rot und tue so, als ob es die Hitze wäre.

»Wie kannst du so in der Sonne liegen? Ist dir nicht zu heiß?«

»Nope.« Er grinst und richtet sich etwas auf seinen Ellenbogen auf. »Hast du entscheiden, äh, entschieden?«

Wenn Jona mein Bruder wäre, könnte ich ihm Deutsch beibringen und er mir Englisch. Ich wäre sicher ganz schnell die Beste in der Schule.

»Ronja?«

Der einzige Nachteil, wenn wir Geschwister wären, wäre, dass ich ihn dann nicht küssen könnte. Wieso denke ich überhaupt daran?

»Ronja?«

Will ich das wirklich?

»Träumst du?«

Wahrscheinlich.

Wir verlassen schließlich den Park und gehen die Fifth Avenue, die große Einkaufs- und Prachtstraße von Manhattan, hinunter. Doch wenn man an eine normale Einkaufsstraße denkt, dann wäre selbst der Ku'damm in Berlin eine Miniaturausgabe. Die Schaufenster sind riesig hoch, die Gebäude sowieso, und obwohl ich noch kurz vorher überlegt habe, hier vielleicht die eine oder andere Sache von Sonjas Einkaufsliste zu besorgen, kommt mir das jetzt vollkommen verrückt vor, denn die meisten Geschäfte sehen so aus, als ob man sie nur im Pelz und mit sehr viel Geld betreten könnte. Okay, ich bin wirklich kein **Gossip Girl**. Das berühmteste Schmuckgeschäft der Welt will ich trotzdem sehen.

»Hier müsste doch gleich *Tiffany* kommen?«, sage ich, als wir auf der Höhe der 57. Straße sind.

»Yeah, sure!«, sagt Jona und zeigt auf die andere Straßenseite. Wir kommen näher, und ich sehe, dass vor dem Geschäft gerade ein Fotoshooting stattfindet. Ein Model in einem Sommerkleid und extrem hohen High Heels schreitet an den Schaufenstern entlang, vor ihr her laufen zwei Männer mit großen weißen Reflektoren, und dahinter steht der Fotograf und macht Bilder. Das kleine Fototeam hat den Bereich vor *Tiffany* lose abgesperrt, und ein paar Touristen sind neugierig stehen geblieben, während die New Yorker einfach weitergehen. Nun, wahrscheinlich sind Shootings hier ganz normal.

Jona und ich betrachten die Szene von etwas weiter entfernt. Leider kann ich jetzt nicht durch die Schaufenster schauen, aber das Shooting ist auch interessant.

»Willst du das später machen?«, fragt Jona.

Seltsame Frage. »Models fotografieren? Nein.«

Obwohl ich ständig Fotos von Sonja mache, wenn sie mal ein neues Make-up oder eine neue Frisur ausprobiert, kann ich mir nicht vorstellen, dass das mein Job werden könnte.

»Oder als Model arbeiten?«, fragt Jona und blinzelt mich von der Seite an.

Model? Ich doch nicht. Vielleicht Sonja, die sich schon längst in einer Agentur beworben hätte, wenn sie zehn Zentimeter größer wäre.

»No!«

»Why not?«, sagt Jona und hat diesen komischen Blick.

Manchmal wüsste ich wirklich gerne, was er gerade denkt.

# Jonathan

**ERST AUF DEM RÜCKWEG** von Manhattan nach Brooklyn in der Subway fällt es mir auf: Ich habe fast den ganzen Tag, bis zu diesem Augenblick, nicht an Cheyenne gedacht. Vergessen, vergessen, vergessen. Und auch jetzt denke ich nur an sie, weil eine Gruppe von kichernden Mädchen in die Subway einsteigt und mich an ihre Cheerleader-Freundinnen erinnert.

Ich sehe zu Ronja, die ihren Kopf an die Seitenstange gelehnt hat, die Augen geschlossen. Sie sieht toll aus. Ich finde, sie könnte ein Model sein. Gerade weil sie nicht wie alle anderen Mädchen aussieht, die sich immer gleich schminken, mit meterhoher Abdeckcreme auf dem Gesicht, als ob sie sich am liebsten verstecken würden. Ronja hat auch ohne Wimperntusche tolle lange Wimpern, und ihr Mund ist ganz natürlich rot. Was vielleicht auch daran liegt, dass sie immer auf der Lippe herumkaut, wenn sie nachdenkt oder fotografiert. Sie hat die ganze Fifth Avenue durchfotografiert, bis ihre Speicherkarte voll war. Wir sind vom Central Park bis zum Flatiron Building heraufgelaufen. Es ist mein absolutes Lieblingsgebäude in New York. Bügeleisengebäude? Also, für mich sieht es eher wie ein Tortenstück aus. Das habe ich Ronja erklärt und dass es ein Stahlskelettbau ist, weil man die Konstruktion mit Steinen nie so stabil hinbekommen hätte. Das weiß ich natürlich von meinem Vater. Genau wie die Geschichte von den Windströmen, die durch die extrem schmale Form des Hochhauses in den Seitenstraßen entstehen, weshalb den Frauen oft die Röcke hochgeweht werden.

Ronja hat gelacht. »Wenn sie welche anhaben.«

»Früher«, habe ich gesagt, und wir haben uns angegrinst. Manchmal verstehen wir uns unheimlich gut.

»Bevor ich abreise, zeige ich dir noch Brooklyn«, sage ich, als wir von der Subway-Station zurücklaufen.

Sie nickt. »Also morgen?«

Stimmt, heute ist Donnerstag, morgen Freitag, und dann fliege ich ja schon!

»Und abends ist die Party«, sagt Ronja.

Stimmt, die Party. Ich habe Taylor versprochen, ihm beim Aufbauen der Tische und dem Schleppen der Getränkekästen zu helfen. Immerhin schulde ich ihm noch eine Gefälligkeit.

Wir biegen um die Ecke, und ich sehe ihn von Weitem auf der Treppe vor seinem Haus sitzen und rauchen.

»Hey, Jona!«, ruft er mir entgegen, als wir näher kommen. »Your mum is looking for you!«

Meine Mutter sucht mich? Wieso? Oder ist das nur ein Trick, damit er mich loswird und mit Ronja flirten kann?

»For real?«

»Yeah!« Er zeigt auf unser Haus, verdreht aber die Augen,

als sollte ich besser nicht hineingehen. Ich habe keine Ahnung, was ich falsch gemacht habe. Meine Klamotten rumliegen lassen? Vergessen, den Müll rauszubringen? Die Zahnpastatube nicht zugedreht? No idea!

»Wollen wir reingehen?«, frage ich Ronja.

»Ja, gerne.«

Ich winke Taylor zu.

»See ya tomorrow!«

»Yeah, be on time.«

Taylor nickt und winkt uns hinterher und macht diesmal keine Anstalten, mitzukommen. Verstehe, denn wenn meine Mutter wütend ist, will niemand in ihrer Nähe sein.

Wir sind gerade mal im Flur, da kommt Mum uns schon entgegengeflogen. »Jona!«

»Yeah?«

Sie begrüßt Ronja kurz und freundlich und schiebt sie fast in die Küche, dann winkt sie mich ins Wohnzimmer, wo sie etwas ruhiger wird.

»Setz dich doch. War's schön in Manhattan?«

Ich habe ein komisches Gefühl. Ich meine, ich kenne meine Mutter, wenn sie richtig sauer auf mich ist, und das ist kein Vergnügen. Aber dann behandelt sie mich nicht gleichzeitig wie einen Kranken. Oder Behinderten. Und dann sieht sie mich auch noch mit dieser Mischung aus Ärger und Besorgnis an. **Strange.**

»Was ist?«, sage ich und habe tatsächlich Deutsch geredet, so verwirrt bin ich schon.

»Jona, your Dad …«

Ist ihm was passiert? Ein Unfall?

»You've got to understand …«

Was muss ich verstehen?

Meine Mum setzt sich neben mich aufs Sofa und seufzt.

»Er hat den Flug umgebucht.«

Umgebucht?

»Why?«

Sie seufzt wieder, und auf einmal verstehe ich. Es fühlt sich an, als ob mir jemand einen kräftigen Boxhieb in den Magen verpasst. Hier, nimm das! Erst Cheyenne, dann mein Vater. Einfach abserviert. So sieht es also aus. Offenbar will niemand mehr was mit mir zu tun haben.

»Anton ist krank«, sagt meine Mutter. »Nichts Schlimmes«, fügt sie schnell hinzu. Und dann erklärt sie mir, dass mein Vater einen neuen Auftrag reinbekommen hat, der erledigt werden muss, und der Zeitpunkt echt ungünstig ist und Nora, die Frau meines Vaters, sich nicht um mich kümmern kann, wegen dem kranken Anton, und mein Vater schon gar nicht und es doch alles viel schöner werden wird, wenn ich in den Herbstferien komme. Und er natürlich noch mal mit mir über alles reden will und wird.

Der Kloß, der die ganze Zeit in meinem Hals steckt, wird immer dicker und lässt sich immer weniger herunterschlucken. Ich schluchze unkontrolliert. Ich will nicht heulen, aber das ist einfach zu viel.

Mum streicht mir über den Kopf und flucht leise über die Unzuverlässigkeit meines Vaters in privaten Dingen. Okay, unzuverlässig in privaten Dingen, aber ich bin doch nicht nur ein privates Ding, verdammt, ich bin sein Sohn! Aber anscheinend hat er jetzt einen neuen, kleinen und viel süßeren Sohn, der noch nicht mal widersprechen kann, wenn Dad keine Zeit für ihn hat. Fuck!

»Wir machen uns eine schöne Zeit hier, Jona. Wir werden das schon hinkriegen, mach dir keine Sorgen«, sagt Mum, während ich heule wie ein Fünfjähriger. Jetzt redet sie nur noch Deutsch, und auf einmal sind mir alle fremd: mein Vater, meine Mutter, Cheyenne und alle anderen Menschen auf der Welt. Niemand versteht, wie fertig mich das alles macht. Ich hasse dieses Leben. Warum lassen mich alle Leute im Stich? Warum mag mich niemand? Warum immer ich?

## Ronja

**»TJA«, SAGT MONA** und lässt sich an den Küchentisch neben meinen Vater fallen. »Jonas Vater hat vorhin angerufen. Da er sehr beschäftigt ist, hat er den Flug für Jona umgebucht. Er wollte vorher Bescheid sagen, hat aber angeblich niemanden erreicht.« Sie schnaubt wütend. »Das ist wieder mal so typisch!« Dann erinnert sie sich offenbar, dass wir auch noch mit am Tisch sitzen, und lächelt etwas gezwungen. »Sorry.«

»Wir können ins Hotel gehen. Kein Problem!«, sagt mein Vater sofort.

»Nein, nein, das kommt gar nicht infrage! Jona kann bei Taylor wohnen, oder wir finden eine andere Lösung.« Sie sieht zu meinem Vater. »Ich will nicht, dass ihr euch irgendwelche Gedanken macht. Wir kriegen das alles hin.«

Ich frage mich, wo Jona ist und ob er das genauso sieht. Vielleicht war es bisher okay, dass ich in seinem Zimmer gewohnt habe, aber jetzt ist es das auf keinen Fall mehr. Und das kläre ich am besten sofort mit ihm.

Ich stehe auf. »Okay, ich geh dann mal … duschen.«

»Ich werde was kochen«, sagt Mona und reißt den Kühlschrank auf.

»Ich helfe dir«, sagt mein Vater.

Ich lasse die beiden in der Küche allein, gehe aber nicht nach oben, sondern klopfe an die Tür des Wohnzimmers. Nichts. Also klopfe ich etwas lauter. Wieder nichts. Mir kommt der Gedanke, dass Jona rüber zu Taylor gegangen ist, und nur, um ganz sicherzugehen, öffne ich die Tür einen Spalt. Und sehe Jona zusammengekrümmt auf der Couch liegen, sein Gesicht von mir abgewandt. Ich höre ihn leise schluchzen und erstarre. Jona weint? Ich habe ihn für lässig und überlegen gehalten. Mr Obercool. Habe ihm seine Coolness vollständig abgenommen und gedacht, dass ihn so leicht nichts aus der Bahn werfen kann. Und jetzt weint er?

Ich zucke zusammen, als die Küchentür aufgeht und mein Vater auf einmal im Flur steht. Schnell schließe ich die Tür zum Wohnzimmer.

»Ronny?«, flüstert er und zieht mich mit sich auf die Treppe.

»Was ist?«

»Hör mal, ich finde, Jonathan muss sein Zimmer wiederhaben, wenn er jetzt doch nicht nach Deutschland fliegt.«

Okay, ganz meine Meinung.

»Wir gehen in ein Hotel?«

»Na ja …« Er beugt sich noch etwas näher zu mir. »Was wäre, wenn du in das Gästezimmer ziehst und ich auf der Couch im Wohnzimmer schlafe?«

Ich bin zu überrascht, um sofort eine Antwort zu haben.

»Also abgemacht?«

»Ja. Aber …«

»Gut!«

Mein Vater lächelt erleichtert. »Hol deine Sachen runter, ich sag Mona Bescheid.«

Und schon ist er wieder in der Küche verschwunden.

Während ich meine Sachen zusammenpacke, denke ich an Jona. Ich verstehe so gut, wie es ihm geht, wie es sich anfühlt, wenn man zurückgewiesen wird.

Ich ziehe meine Reisetasche unter dem Bett hervor und packe. Es sind ja nur ein paar Kleider in der obersten Kommodenschublade und mein Laptop auf dem Schreibtisch.

Unten erwartet mich schon mein Vater. Mona kommt mit Decke und Kissen für mich und bereitet das Bett vor.

»Danke!«, sagt sie leise zu mir.

Während mein Vater und Mona in dem kleinen Zimmer umeinandertanzen, gehe ich in die Küche. Die Tür zum Hof steht offen, und Jona sitzt auf der Hintertreppe. Ich setze mich neben ihn.

»Stör ich?«

Er schüttelt den Kopf, sieht mich aber nicht an, sondern starrt weiter in den eher schäbigen Hinterhof mit dem kleinen Rasenstück.

»Das tut mir leid, das mit deinem Vater.«

Jona presst die Lippen kurz aufeinander und schweigt.

»Ich wollte nur sagen, ich … habe dein Zimmer geräumt.«

Noch mehr Schweigen. Anscheinend nerve ich ihn nur.

Nebenan kommt Taylor aus dem Haus. Nackter Oberkörper, Arbeitshosen, die ihm auf der Hüfte sitzen, ein Grinsen in unsere Richtung. Er trägt einen Motor, stellt ihn auf einen Holzblock. Er sieht aus wie eine wandelnde Levi's-Reklame. Sehr gut, offen gestanden. Er nickt uns zu, ich nicke zurück, Jona regt sich nicht.

Zwischen den Grundstücken gibt es nur eine niedrige Mauer, von der aus mich Taylor zu sich heranwinkt.

Ich stehe auf, gehe zu der Mauer.

»S'up?«

Ich erkläre es ihm leise auf Englisch.

»I'm sorry.«

Aber es geht ja nicht um mich, sondern um Jona. Kann Taylor ihn nicht etwas aufmuntern?

Er grinst. »Well, if you want me to …«

Seine dunklen Augen fixieren mich so lange, bis ich rot werde.

So hat mich noch nie ein Junge angesehen. Ich drehe mich zurück zur Treppe, aber Jona ist ins Haus gegangen.

»Don't miss the party!«, ruft Taylor mir hinterher, als ich auf das Haus zugehe. Mein Herz schlägt aufgeregt, es flimmert in meinem Magen, und in meinem Kopf herrscht ein großes Durcheinander.

Jona kommt nicht zum Abendessen, sondern hat sich in sein Zimmer zurückgezogen, was ich total verstehen kann, obwohl ich ihn vermisse. Jetzt bin ich allein mit Mona und meinem Vater, der die ganze Zeit von Monas Büro schwärmt, der tollen Arbeitsatmosphäre, ihrem tollen Arbeitsplatz, und die ganze Zeit habe ich das Gefühl, er meint nur sie.

»Du kannst morgen gerne noch mal mitgehen«, bietet Mona an. Mein Vater sieht fragend zu mir.

»Ist okay, Jona wollte mir sowieso Brooklyn zeigen«, sage ich, obwohl ich nicht sicher bin, ob der Plan noch steht.

»Oh ja, Jona muss dir die Gegend zeigen«, stimmt Mona sofort zu. »Weißt du, wir wohnen ja hier in Park Slope, das ist die etwas spießigere Wohngegend von Brooklyn, aber auch hier gibt es tolle Läden und Cafés. Hast du schon von Brooklyns *Superhero Supply*-Store gehört?«

Nope.

Aber mein Vater offenbar. »Dieser Laden, wo man Superhelden-Capes und Intelligenz in Dosen kaufen kann?«

»Sogar unsichtbare Capes, die sind besonders teuer.«

Sie lachen.

»Den Laden muss ich mir unbedingt ansehen und auf jeden Fall in meinem Reiseführer erwähnen.«

Mona nickt. »Ja, eine gute Idee. Weißt du übrigens, dass Dave Eggers den Laden mitgegründet hat und dort eine Art Schreibworkshop eingerichtet hat? Im Hinterzimmer gibt es Kurse für Kinder und Jugendliche, die schreiben lernen wollen. Oder man kann einfach vorbeigehen und sich helfen und beraten lassen, egal, ob man einen Comic oder einen Schulaufsatz oder einen Roman schreibt. Die machen tolle Arbeit dort. Ich wollte immer, dass Jona sich das mal anschaut und dort mitmacht, aber er ist wohl lieber bei Taylor in der Autowerkstatt.«

Mein Vater nickt begeistert. »Falls ihr vorbeigeht, Ronja, dann bring mir eine Dose Energie mit, damit ich es öfter ins Fitnessstudio schaffe.«

Mona grinst. »Und mir bitte gleich Muskelkraft, dann spare ich mir die Fitness.« Sie lachen wieder, als wäre es der Witz des Jahrhunderts.

Ich decke den Tisch, während Mona die Nudeln abgießt und mein Vater die Nudelsoße abschmeckt. Ich fühle mich seltsam mit den beiden, fast so, als ob ich stören würde oder unsichtbar wäre, während sie lachen und sich unterhalten. Erst als mein Vater kurz rausgeht, beugt sich Mona zu mir.

»Unser Gästezimmer ist ziemlich klein. Danke, dass du umgezogen bist.«

»Na klar.«

»Ich möchte, dass ihr euch hier wohlfühlt.«

Mona meint wohl eher meinen Vater als mich. Sie bemerkt meinen Blick.

»Hör mal, Ronja, ich mag deinen Vater, aber ich habe nicht vor, mich zwischen euch zu drängen. Das geht auch gar nicht, dafür bist du ihm viel zu wichtig. Es ist einfach schön, wieder mit jemandem zu reden, der die eigene Sprache spricht. Ich liebe es, in New York zu leben, aber manchmal fühle ich mich hier auch nach all den Jahren noch fremd. Ich glaube, Jona geht es ähnlich.« Mona zerbröselt ein Stück Weißbrot und trinkt einen Schluck Wein. »Weißt du … das ist gerade alles nicht so leicht für Jona. Ich bin froh, dass du da bist. Er mag dich.«

Ich glaube, mein Mund klappt etwas auf. Er mag mich?

Ich bin so ziemlich das genaue Gegenteil von Jonas Freundin, außerdem nutzt er jede Möglichkeit, mir zu zeigen, wie uncool ich bin.

»Das glaube ich eher nicht.«

Jetzt sieht Mona mich erstaunt an. »Natürlich. Ich meine, er war doch den ganzen Tag mit dir zusammen.«

»Ja, weil du es von ihm verlangt hast.«

Mona lacht. »Hör mal, Ronja. Jona kann man nichts vorschreiben. Wenn er keine Lust gehabt hätte, mit dir unterwegs zu sein, dann wäre er zu Hause geblieben.«

# Jonathan

GUTEN MORGEN. Wer hat sich das eigentlich ausgedacht? **Guten Morgen**, als wäre ein Morgen immer gut und könnte nicht beschissen sein. Ich liege im Bett, meinem Bett. Das allein könnte vielleicht ein Grund zur Freude sein, yeah, ich habe mein Zimmer, ich habe mein Bett wieder. Aber ich spüre nichts. Nur ein Gefühl von Leere und Sinnlosigkeit. Wieso aufstehen? Wieso rumlaufen und lachen und reden, wieso das alles? Es hat eh alles keinen Sinn. Egal, was man macht, am Ende fliegt immer alles auseinander. **Bumm!** Irgendwann wird die Sonne verglühen, die Erde abstürzen, das Universum vergehen oder ohne Erde weiterexistieren, aber die Menschen sind dann schon lange verschwunden. Scheiße, warum dauert das eigentlich noch so lange?

Es klopft leise. Ich will niemanden sehen. Wirklich, Leute, lasst mich einfach hier liegen, genießt die Sonne da draußen und lasst Moos über mich wachsen, mich einfach vermodern. Aber so läuft das nicht, schon klar. Es klopft wieder, diesmal lauter. Und das hasse ich wirklich am Leben. Muss es immer anklopfen? Kann es nicht einfach aufhören zu nerven?

»What?«

Die Tür öffnet sich sehr vorsichtig, und Ronja schaut herein. Mein blödes Herz fängt aufgeregt an zu klopfen, aber dann erinnere ich mich. Ich meine, sie hat mich heulen gesehen, während Taylor nebenan seine One-Man-Show abgezogen hat. Nackter Oberkörper. Motor durch die Gegend schleppen und dann Ronja ranwinken. Da hätte er auch gleich eine Keule mitbringen können.

Ich richte mich etwas auf und hüstele, denn irgendwie gibt es keine echte Erklärung dafür, dass ich mittags noch im Bett liege, außer – ich bin krank.

»Hi, Ronja«, krächze ich.

»Hi, Jona … kann ich kurz reinkommen?«

»Okay.«

Sie betritt vorsichtig das Zimmer, als wäre sie noch nie hier gewesen oder hätte nicht zwei Tage hier gewohnt.

»Bist du krank?«

»Sort of …« Ich nicke vage.

»Gilt dein Angebot noch? Du hast doch vorgeschlagen, dass du mir Brooklyn zeigst?«

Das war vor dem Weltuntergang.

»Yeah, I know.«

Ronja vergräbt ihre Hände in der Vordertasche ihres Hoodies. Egal, wie heiß es ist, sie trägt Kapuzenpullover.

»Tja, Mona meinte, hier in der Gegend gibt es einen Laden mit Superheldenbedarf.« Sie grinst auf ihre besondere Art, bei der sie einen Mundwinkel immer ein wenig höher zieht als den anderen. »Da könnten wir Energie und gute Laune für dich kaufen. Falls gute Laune eine Superheldeneigenschaft ist.«

Ich blinzele. »Superhelden haben doch immer schlechte Laune.«

Und ich nebenbei bemerkt auch.

»Verstehe. Müssen ja auch die Welt retten«, sagt Ronja.

»Und in einem Strampelanzug herumlaufen.«

Sie lächelt. »Aber ein Cape wäre cool, das hätte ich gerne.«

»Eins, mit dem man unsichtbar wird«, sage ich, denn das wäre ich gerade am liebsten. Einfach unsichtbar.

»Ich habe gehört, die gibt es da auch. Aber die sind bestimmt unbezahlbar.«

»Macht nichts. Wenn du sie anhast, kannst du jede Bank ausrauben oder einfach irgendwo reinspazieren und die Kasse mitnehmen.«

»Als Superheld?«, sagt Ronja empört, und ich muss grinsen. Irgendwie schafft sie es, dass ich auf einmal gute Laune habe.

»Also, wollen wir?«, fragt sie und legt den Kopf schief.

Ronja geht nach unten und kocht Kaffee, während ich sogar vor mich hin summe, während ich dusche. Ich bin wieder gut drauf. Ich weiß echt nicht, wie Ronja das gelungen ist, normalerweise brauche ich Tage, um aus dieser Stimmung herauszukommen.

In meinem Lieblings-T-Shirt und einer Jeans gehe ich nach unten, wo es schon nach Kaffee riecht.

Ronja hat Teller und Becher auf den Tisch gestellt, und ich

stelle noch zwei Schüsseln dazu, denn mein Frühstück besteht aus Cornflakes. Ich liebe Cornflakes, denn sie erinnern mich an früher, als das Leben noch ganz einfach war und irgendein Spielzeug, das man aus den Cornflakes gefischt hat, einen den ganzen Tag lang in eine gute Stimmung versetzen konnte.

Ich stelle die Riesenpackung auf den Tisch, und Ronja sieht mich fragend an. Vielleicht denkt sie das Gleiche wie meine Mutter, die behauptet, Cornflakes wären kein richtiges Essen. Okay, verstehe, ich muss ihr das ganz genau erklären. Die Wissenschaft des Cornflakes-Essens, und sie grinst. Nein, ich meine das ganz ernst. Es kommt auf die richtige Mischung an. Und natürlich darauf, wie man sie isst. Am besten, gleich nachdem man die Milch zu den Flakes gegeben hat. Ansonsten werden sie zu labbrigen Gummilappen, im schlimmsten Fall sogar schleimig. Erst die Flakes, dann die Milch, niemals umgekehrt. Noch besser natürlich beides gleichzeitig, wie in der Werbung in Slow Motion. Ich zeige es ihr, ich könnte eine ganze Kochshow damit bestreiten, und Ronja lacht wieder. Hey, das meine ich ernst! Sie lacht noch mehr, und weil ich ihr Lachen so mag, kann ich nicht aufhören, eine Show abzuziehen. Cheyenne hasst es, wenn ich in meinem Comedy-Modus bin, wie sie es nennt. Sie will immer ernst mit mir reden, denn sie nimmt alles ernst. Ihre Nägel, ihr Cheerleader-Training, ihre Schulnoten. Nur unsere Beziehung, die hat sie offenbar nie so ernst genommen.

»Was ist los?«, fragt Ronja.

»Nothing«, sage ich schnell, denn gerade möchte ich weder an Cheyenne denken noch über sie sprechen.

Wir essen Cornflakes und trinken Kaffee und beratschlagen, was wir in Brooklyn sehen wollen. Und sind uns erstaunlicherweise vollkommen einig, dass wir als Erstes in den *Superhero Supply*-Shop gehen wollen. Ich fasse es nicht, dass Ronja das interessiert. Normalerweise muss ich sogar Taylor überreden, mit mir in den Laden zu gehen. Er ist immerhin ein Typ. Aber auch er findet es seltsam, dass ich auf diesen Laden so abgehe. Sein Kommentar: »Das ist doch alles nur Blödsinn!« Ja, okay, Blödsinn, aber ziemlich lustig, wenn man sich darauf einlässt.

Ronjas Kamera liegt auf dem Tisch. Natürlich wird sie die wieder mitnehmen. Ich wünsche mir schon lange eine Digitalkamera, denn langsam gehen die Filme und das Entwickeln mit der analogen Kamera ins Geld. Offenbar habe ich die Kamera etwas zu lange angestarrt, denn Ronja schiebt sie zu mir rüber.

»Willst du mal ein paar Aufnahmen damit machen?«

Yeah, na klar.

Ich schalte die Kamera ein und visiere ein paar Dinge in der Küche an. Die Cornflakes-Schüssel mit dem Milchrest, unsere Kaffeebecher, das Licht, das durch das Küchenfenster schräg auf den Tisch fällt. Ich mag es, wenn eine Stimmung nur durch einzelne Gegenstände eingefangen wird, nichts Spektakuläres, nur Licht und Schatten. Ich ziehe die Kamera etwas höher und sehe Ronja, die mich beobachtet. Ich will sie fotografieren. Ihr Gesicht erforschen, die kleine steile Falte zwischen ihren Augen, die etwas tiefer wird, wenn sie mich kritisch ansieht, die neugierigen Augen, die langen Wimpern, der Mund, der immer leicht offen steht. Wie wäre es, Ronja zu küssen? Ich drücke auf den Auslöser. Eigentlich wollte ich kein Bild machen, aber dieses ist gut. Das Licht fällt seitlich auf Ronjas Haare, ihr Bick ist eine perfekte Mischung aus konzentriert und entspannt. I wanna kiss her.

# Ronja

»BEAUTIFUL BROOKLYN!«, ruft Jona, richtet sich auf dem alten Damenfahrrad von Mona auf und schwenkt einen Arm. Ich sitze auf dem Gepäckträger, da Jonas Mountainbike einen Platten hat und wir keine Lust hatten, es zu flicken. Er ist wieder gut drauf und hat mich mit seiner Euphorie sogar angesteckt. Bei Jona ist alles extrem, die Traurigkeit und die Freude.

Wir fahren durch Park Slope, angeblich wohnen hier lauter bekannte Schauspieler und Autoren. Doch die Gegend ist gar nicht besonders fein und auch nicht so langweilig, wie ich bei unserer Ankunft dachte, sondern cool und ganz anders als Manhattan. Niedrige Häuser, verrückte Läden, breite, staubige und eher leere Straßen, wie eine Westernstadt. Jona schlenkert quer über eine Kreuzung, und ich muss mich an ihm festhalten, um nicht vom Gepäckträger zu rutschen. Er bremst scharf vor dem *Superhero Supply*-Laden, und ich springe vom Gepäckträger.

Wir sehen durch das Schaufenster, wo zwei Schaufensterpuppen mit engen Superheldenanzügen und Cape stehen. Bis gerade habe ich daran gezweifelt, dass dieser Laden wirklich existiert.

»Und hier kann man echt Superheldenausrüstung kaufen?«

Jona grinst. »Yeah, and now, Ronja: which superpower do you wanna *have*?«

Was hätte ich gerne für eine Superkraft?

»Gedanken lesen!«

Jona reißt die Augen auf. »Mindreading? Well – I'am sure, you can.« Er baut sich vor mir auf und sieht mir direkt in die Augen. »Have a try!«

Kann ich das wirklich? Ich sehe Jona tief in die Augen und kann nicht den kleinsten Gedanken lesen. Als wäre alles sicher verschlossen. Aber dafür sehe ich etwas. Seine Traurigkeit, die er immer wieder hinter seinen Witzen oder seiner Coolness versteckt. Seine Verletzlichkeit und Sensibilität, die er nur in wenigen Momenten zeigt. Und eine Einsamkeit, die ich auch gut kenne.

»Und?«, fragt er ungeduldig.

Ich überlege, woran Jona wohl denken könnte. Sicher an seine Freundin.

»Ich lese Cheyenne. In Großbuchstaben.«

Er lächelt. »Not exactly …«

»Was dann?«

»I thought about flying.« Jona breitet die Arme aus und brüllt. »I wanna fly!«

Ich muss lachen. Ich mag es, wenn er seine kleinen Showeinlagen macht, egal, wie viele Leute ihn anstarren.

»Okay, und jetzt bist du dran«, sage ich.

Jona stellt sich vor mich, schaut mir in die Augen und runzelt die Stirn, als würde er sich stark konzentrieren.

»That's easy.«

»What?«

»Dan. In capitals.«

Dan in Großbuchstaben? Ich habe keine Ahnung, wovon Jona spricht.

»Dan?«

»Your boyfriend!«

Dan? Mein Freund? Wie kommt Jona darauf?

»Ich habe keinen Freund.«

»For real?«

Sorry.

»Why not?«, fragt Jona vollkommen erstaunt.

Ich will jetzt nicht von Till anfangen und meiner grandiosen Fähigkeit, mich immer in die falschen Typen zu verlieben. Die mich dann einfach stehen lassen, wenn ich sie endlich anzusprechen wage. Außerdem verstehe ich nicht, warum ich unbedingt einen Freund haben muss.

»Ich habe eben keinen«, sage ich.

Jona lächelt wieder so seltsam und mustert mich. Diesmal würde ich wirklich gerne seine Gedanken lesen können.

»Was ist?«

»Nothing …«

»Wollen wir jetzt reingehen und uns Superkräfte holen?«

Jona nickt. »Let's shop!«

Der Laden ist riesig. Ich frage an der Kasse, ob ich fotografieren kann, und mache als Erstes Bilder von den Schildern, die überall im Laden hängen:

**IF WE DON'T HAVE IT, A SUPERHERO DON'T NEED IT.**

**IF YO ARE INVISIBLE, MAKE YOUR PRESENCE KNOWN.**

**PLEASE AVOID THE ROBOT, IT WILL NOT AVOID YOU.**

Jona will sofort in die Cape-Abteilung. Es ist ein Raum mit einem Ständer, an dem verschiedenfarbige Capes aus leichten Stoffen hängen, und hohen Regalen, in denen die Capes noch einmal verpackt liegen. Vielleicht sollte ich Sonja statt einem Koffer voll Kosmetikprodukte lieber ein Superhelden-Cape mitbringen. Das ist wirklich etwas, was man nur hier bekommt. Am besten ein rotes. Ich recke mich nach oben, und Arme legen sich um meine Hüften. Als ich mich umdrehe, steht Jona in einem roten Superman-Cape hinter mir und grinst mich an.

»I'm invisible.«

Ich muss grinsen. »No, you're not.«

»What?« Er reißt empört die Arme hoch. »I'm gonna test this cape.«

Er winkt mich zu einem großen Ventilator, dem offiziellen Cape-Tester des Ladens. Eine der Verkäuferinnen, ein Mädchen, das genauso alt ist wie wir, kommt dazu und stellt ihn an. Jona stellt sich vor die Windmaschine, tut so, als würde er auf einem Surfbrett stehen, und balanciert mit den Armen im Luftstrom. Das Cape flattert wie ein Segel hinter ihm, der Luftstrom zerwuschelt seine braunen Locken, und er grinst begeistert. Das Mädchen schaut zu mir und lächelt. Sicher denkt sie, wir wären ein Paar.

»See! I am flying!«, ruft Jona, und das Mädchen und ich müssen grinsen, weil er einen kleinen Tanz vor dem Ventilator vollführt. Ich mache Bilder von ihm, aber er zieht mich an sich und tanzt mit mir vor dem Ventilator. Meine Hand liegt auf seinen festen Oberarmen, ich rieche den Duft seines Shampoos. War ich einem Jungen überhaupt schon einmal so nah?

»I'll take it, it's perfect«, sagt Jona und reicht dem Mädchen das Cape.

Mir fällt ein, das Mona erzählt hat, dass es hier einen Raum gibt, wo Schreibkurse stattfinden, und ich frage das Mädchen danach. Sie führt mich zu einer Bücherwand und zeigt mir, dass dahinter ein großer Raum mit einem langen Tisch und Stühlen versteckt ist. Sie erklärt mir, dass die Kurse meist nachmittags stattfinden und alles kostenlos ist. Ich bin noch nie auf die Idee gekommen, Schreiben in einem Kurs zu lernen oder mir Hilfe dabei zu holen, aber ich weiß, wie lange ich oft an einem Artikel für die Schülerzeitung arbeite, bis er mir hundertprozentig gefällt. Ich will meine eigenen Worte finden und verwenden und keine gewöhnlichen oder schon tausendmal gehörten Formulierungen. Ich erkläre es Jona erst auf Englisch und dann auf Deutsch, und er nickt.

»Willst du Journalistin werden?«, fragt er.

Ich bin mir nicht sicher.

»Du bist bestimmt gut.« Er grinst. »You can work for the *Daily Planet.*«

Ich habe keine Ahnung, wovon er redet, aber das Mädchen lächelt und flüstert: »Superman works there!«

Nächste Abteilung: *Gear and Manual.* Ausrüstung und Handbuch. Kann man lernen, ein Superheld zu sein? Anscheinend. Auf Regalen liegen bunte Seile, es gibt Spraydosen mit Lichtgeschwindigkeit und Dosen, die Antimaterie oder Energie enthalten.

Ich nehme je eine Dose *Muscle* und *Energy* und beschließe, sie Mona und meinem Vater mitzubringen.

Dabei entdecke ich eine Dose *Inmortality*, nehme sie aus dem Regal, und ich starre einen Moment auf das Etikett. Unsterblichkeit. Ich muss an meine Mutter denken. Ich erinnere mich, wie ich mit ihr in der Dunkelkammer war und wir gemeinsam Fotos entwickelt haben. Bevor ich die digitale Kamera bekommen habe, habe ich mit der Kamera meiner Mutter fotografiert, und manchmal fühle ich mich schlecht, da ich ihre alte Kamera jetzt fast nicht mehr benutze. Werde ich meine Mutter vergessen? Vielleicht bald nicht mehr wissen, wie sie ausgesehen hat und was wir alles zusammen gemacht haben?

»Ronja?«, fragt Jona leise, und ich schrecke hoch.

»My mother …«, sage ich und breche ab.

»Ich verstehe«, sagt Jona leise und diesmal ganz ernst.

## Jonathan

**WIR SIND UNFASSBARE DREI STUNDEN** im *Superhero*-Laden, fotografieren uns gegenseitig mit Superhelden-Capes und Brillen, mit denen man Unsichtbare sehen kann, und Ronja geht voll mit ab. Gott, sie versteht genau, warum der Laden so cool ist und mir so gut gefällt. Ob Ronja sich auch manchmal wie eine Außenseiterin fühlt und sich Superkräfte wünscht? Ich auf jeden Fall. Aber Ronja sieht toll aus und ist selbstbewusst und ist bestimmt keine Außenseiterin an ihrer Schule. Schon eher eines der Mädchen, mit denen jeder Typ zusammen sein will. Und sie hat keinen Freund? Ich fasse es nicht. Vielleicht hat sie sich auch gerade von ihm getrennt. Egal, jedenfalls macht mir diese Nachricht total gute Laune.

Irgendwann, als wir uns gerade darüber unterhalten, ob wir noch eine Dose dunkle Materie kaufen wollen (ich muss unbedingt wissen, was da drin ist!), fällt mir ein, dass ich längst bei Taylor in der Werkstatt sein müsste, um ihm beim Aufbauen für das Fest zu helfen. Ich habe eigentlich noch nicht mal Zeit, Ronja nach Hause zu bringen. Aber sie ist ganz cool und sagt, sie könnte ja einfach mitgehen und helfen.

Also nehmen wir unsere Einkäufe und müssen natürlich noch den Schwur ablegen, dass wir nichts Böses mit ihnen anstellen werden. Das muss jeder in diesem Laden, und Ronja versteht sofort.

»Wir sind die Guten«, sagt sie und lächelt.

»Definitely.«

Wir nehmen das Fahrrad, und Ronja setzt sich wieder auf den Gepäckträger. Oh Mann, ich liebe es, wenn sie sich an mir festhält!

Als wir in der Werkstatt ankommen, ist Taylor auf dem Vorhof und schleppt Sitzbänke. Nackter Oberkörper, Stirnband, Jeans auf den Hüften. Mr Unwiderstehlich. Er sieht uns auf dem klapprigen Rad meiner Mutter ankommen, legt den Kopf schief und stemmt die Arme in die Seiten. Okay, ich bin zu spät. Ich bremse vor ihm ab, Ronja fällt leicht gegen mich, und ich spüre ihren Körper so deutlich, als wären wir beide nackt. Schon im *Superhero*-Laden habe ich diese Nähe gespürt, und wenn ich ehrlich bin, überfordert mich das komplett.

Was geht da ab?

»You're late!«

Manchmal ist Taylor strenger als meine Mutter.

»Yeah, sorry.«

Ronja steigt hinter mir ab und begrüßt Taylor, der uns gleich in die Werkstatt winkt. Ich weiß noch vom letzten Jahr, was alles zu tun ist. Bänke rausstellen, die vermutlich völlig verknoteten Lichterketten sortieren und aufhängen, den Grill aufstellen und vorbereiten. All die Sachen, auf die Taylor keinen Bock hat.

Die großen Schiebetüren der Werkstatt sind aufgeschoben, und die Autos werden hinausgefahren, eine Arbeit, die natürlich Taylor übernimmt, genauso wie das Umstellen der Motorräder. Mann, freue ich mich, wenn ich einen Führerschein habe und ein eigenes Auto. Jetzt bleiben die niedrigen Arbeiten also mal wieder an mir hängen. Du kannst ja leider nicht Auto fahren.

Aber dann. Nie mehr mit dem Schulbus zur Schule, keine nervigen Sprüche mehr von irgendwelchen Typen auf der Hin- oder Rückfahrt, sondern Freiheit.

Ronja steht staunend in der Werkstatt und sieht sich um. Taylor geht mit ihr zu den alten Motorrädern, lässt sie aufsteigen, setzt sich hinter sie und zeigt ihr, wie man Gas gibt. Hey, Taylor, da hört der Spaß aber auf. Ich gehe zu den beiden, gebe Taylor den Lass-mein-Mädchen-in Ruhe-Blick, und er reißt die Arme hoch und grinst unschuldig. Schon klar, er hat keine Ahnung, was zwischen uns abgeht, und ich eigentlich auch nicht, aber die Zeit, das herauszufinden, muss er mir geben. Da ist etwas zwischen Ronja und mir. Freundschaft oder eigentlich mehr als Freundschaft, denn ich werde eifersüchtig, wenn Taylor seine Arme um Ronja legt und ihr vom Motorrad hilft oder ihr körpernah erklärt, wie man ein Motorrad antritt.

Ich frage, wo die Lichterketten sind, obwohl ich es genau

weiß, und Taylor checkt endlich, dass ich mit Ronja allein sein will. Er stößt mich kumpelhaft in die Seite und grinst.

»She's cute!«

Okay, stimmt. Aber sie verdient es nicht, einfach vernascht zu werden. Weder von Taylor noch von mir, obwohl ich das sowieso nie mache.

Die Werkzeuge sind sorgfältig aufgeräumt, der Raum ist gefegt, aber die Ecke, in der die Lichterketten und Lampions liegen, ist seit einem Jahr eingestaubt. Hier macht niemand sauber, wieso auch? Ich ziehe die Holzkiste unter einem Regal vor, nehme die Lichterketten mit den bunten Glühbirnen heraus und reiche sie Ronja. Alle Ketten hängen zusammen, jedes Jahr das Gleiche, weil sie immer von jemandem abgehängt werden, der entweder betrunken oder verkatert ist und natürlich nie damit beschäftigt sein wird, sie im nächsten Jahr wieder aufzuhängen.

Ich bin ziemlich ungeduldig mit solchen Sachen, aber Ronja ist ganz entspannt, legt das Kettenknäuel auf den Boden und geht die Sache systematisch an. Da ist Ganzkörpereinsatz gefragt, da die Ketten dick und schwer sind und wir über und unter den Leinen entlangsteigen müssen, um sie zu entwirren.

Als Taylor vorbeikommt (was nicht unbedingt nötig gewesen wäre), sind wir gerade fertig, und vier Ketten liegen sorgfältig nebeneinander. Dafür sind wir beide total eingedreckt und verschwitzt, denn die Werkstatt hat keine Klimaanlage. Ronja zieht endlich mal ihren Hoodie aus, und Taylor kann sich ein leises Pfeifen nicht verkneifen. Ronja trägt ein

Trägertop, ihr Pferdeschwanz hat sich aufgelöst, und ein paar Haare hängen ihr ins Gesicht. Sie sieht unheimlich sexy aus. Ich möchte hingehen und die Haare wegstreichen, ihr in die Augen sehen, wie vorhin, als ich versucht habe, ihre Gedanken zu lesen, aber viel zu aufgeregt war, um mich auf irgendetwas zu konzentrieren. Sie anzusehen ist die Sensation. Taylor blinzelt mir zu und macht eine Kopfbewegung in Ronjas Richtung, während sie ihren Hoodie zusammenlegt und in ihrem Rucksack verstaut. Für Taylor ist das alles ganz leicht, er braucht nie lange, um ein Mädchen zu erobern, aber ich bin eben anders. Wenn Taylor wüsste, dass ich noch nicht mit Cheyenne geschlafen habe, würde er mich bestimmt auslachen. Nach fast einem Jahr!

»Jona?«, fragt Ronja und bläst sich eine Haarsträhne aus dem verschwitzten Gesicht. »Wollen wir die Ketten jetzt draußen aufhängen?«

Hell, yeah!

Wir sind die nächste Stunde damit beschäftigt, auf Leitern zu klettern und die Ketten um den Platz herum aufzuhängen, auf dem die Band spielen wird und wo getanzt werden soll. Um die Tanzfläche stehen Bierbänke und Tische, und an der Seite baut Taylor schon zwei Grillstellen für das Fleisch auf. Daneben stellen wir eine große Eisenschüssel, in der später ein Holzfeuer entzündet wird, über dem man Marshmallows rösten kann.

Als wir mit allem fertig sind, kommen schon die Jungs der Hillbilly-Band an und bauen ihr Set auf.

»Need a shower?«, fragt Taylor und sieht von Ronja zu mir.

Duschen wäre großartig, aber wo?

Taylor grinst und führt uns hinter die Werkstatt, in der es eine kleine und ziemlich verdreckte Dusche gibt, die in einer gekachelten Nische steht. Er kratzt sich am Kopf.

»Wait a sec.«

Er verschwindet. Ronja und ich warten und sind auf einmal verlegen. Die Dusche hat noch nicht einmal einen Duschvorhang. Die Werkstatt ist alt, und sicher hat hier seit Jahrhunderten niemand mehr geduscht. Wie stellt Taylor sich das vor?

Er kommt mit zwei winzigen Handtüchern, einem Stück Seife und einem Stapel Klamotten zurück und drückt mir die Sachen in die Hand.

»Have fun!« Er grinst und lässt uns allein.

Have fun?

Ich lege die Sachen auf einem halb verrosteten Stahlhocker ab und gebe Ronja die Seife und ein Handtuch. »You go first.«

Sie nimmt mir die Sachen ab und zögert.

»Don't worry«, sage ich, drehe mich mit dem Rücken zu ihr und bewache die Ecke. Sollte irgendwer hier vorbeigehen und ihr zu nahe kommen, muss er über meine Leiche steigen.

Ich höre, wie Ronja sich auszieht, ihre Sachen aufhängt und die Dusche anstellt. Es gibt ein knatterndes Geräusch, als das Wasser in die alten Rohre schießt, und dann den Sound von Regen, wenn das Wasser auf die Bodenkacheln spritzt.

»Ach du Scheiße, das ist braun!«, japst sie erschrocken.

Ich muss mich zurückhalten, mich nicht sofort umzudrehen.

»Lass es laufen.«

»Okay.«

Ich warte und stelle mir vor, wie Ronja erst nackt neben und dann unter der Dusche steht. Sorry, Leute, ich bin ein Typ, also ist das normal. Ich bin mir aber ziemlich sicher, dass die Realität meine Vorstellungskraft vollständig sprengen wird.

»Jona? Kannst du mir die Sachen reichen?«

Ich taste blind nach dem Hocker hinter mir, und sie lacht.

»Du kannst dich umdrehen.«

Da steht sie, das kleine Handtuch um den Körper geschlungen, und lacht sich halb tot darüber, dass ich mich wie ein Gentleman benehme. Und, wow, sie sieht mit diesem Handtuch und allem noch viel umwerfender aus, als ich es mir vorstellen konnte.

## Ronja

ICH WARTE, bis Jona geduscht hat. Das ist wirklich seltsam, dass ich erst den Hoodie ausgezogen habe und dann sogar fast nackt vor Jona gestanden habe. Mit ihm ist alles anders, bei ihm fühle ich mich sicher und geborgen.

Als wir aus der Werkstatt kommen, spielt die Band, und einige Leute tanzen schon. Ich trage eine weite Arbeitslatzhose, die mir etwas zu kurz ist, und mein Tanktop. Jona hat ein weites Flanellhemd und Jeans an, die in Falten auf seinen Turnschuhen liegt, da sie ihm viel zu lang ist.

»Wir sehen aus wie Clowns!«, sage ich, weil Jona das Gesicht verzieht.

»I look like a clown, you look damn sexy.«

Ich lache, weil ich mir nicht vorstellen kann, dass Jona das ernst meint. **Sexy?** Ich trage eine weite Latzhose, in der ich praktisch versinke, meine Haare sind nass und zu einem Chaosknoten zusammengebunden. Ich bin nur froh, dass dies keine Cocktailparty ist, sondern eher so etwas wie ein Straßenfest. Wir stehen einen Moment an der Tanzfläche und sehen den Paaren zu, die eine Art Walzer tanzen.

Taylor entdeckt uns. Er trägt saubere Jeans und ein weißes Hemd mit hochgekrempelten Ärmeln. Okay, das ist offenbar das richtige Outfit für diese Party. Er grinst, bedankt sich für unsere Hilfe, reißt ein paar Witze mit Jona und macht dann eine elegante Verbeugung vor mir.

»Wanna dance?«

Sehr witzig.

»Well, I can't«, sage ich und hoffe, dass er eines der Mädchen auffordert, die in hellen, schulterfreien Kleidern hinter ihm stehen und nur darauf warten, dass er sich endlich zu ihnen umdreht. Aber er besteht auf dem ersten Tanz.

Ich zögere, aber Jona wirft die Arme hoch. »Go!«

Die Band spielt Country, und alles erinnert mich an Tanzszenen aus Westernfilmen, wo die Frauen lange Rüschenkleider tragen und die Männer Cowboyhüte. Ich sehe mich Hilfe suchend nach Jona um, ich habe keine Ahnung, wie das hier geht, aber Taylor zieht mich einfach auf die Tanzfläche. Ich sehe, wie ein Mädchen Jona auffordert.

Wir grinsen uns zu, jetzt sind wir wohl beide dran.

Für Taylor ist das eine ganz ernste Angelegenheit. Er legt eine Hand um meine Hüfte und platziert meine Hand auf seiner Schulter, nimmt meine andere Hand und – Yippiehh!

Ich muss lachen, eine Mischung aus Aufregung und Albernheit, weil Taylor so ernsthaft bei der Sache ist und ich in meiner Latzhose einfach nur hinter ihm herstolpere. Ich sehe zu Jona, der sich mit seiner Partnerin, einem Mädchen in unserem Alter mit blonden Locken, in Position bringt und sich tapfer mit ihr über die Tanzfläche kämpft. Als wir aneinander vorbeitanzen, ist der Song gerade zu Ende. Jona bleibt stehen und klatscht mich ab. Partnertausch.

Taylor verbeugt sich vor mir und überreicht mich an Jona. Ich bedanke mich bei Taylor für den Tanz und muss schon wieder lachen, weil ich mich wie in einem falschen Film und Kostüm fühle, aber die Musik, die Stimmung und die Leute großartig sind und die Mischung einfach verrückt. Jetzt will ich weitertanzen.

Jona macht einen Schritt auf mich zu, und wir grinsen, aber als er seine Hand auf meine Hüfte legt, spüre ich sie so deutlich, als ob sie glühen würde. Die Wärme steigt meine Wirbelsäule hoch bis zum Nacken, und die feinen Härchen stellen sich auf. Mein ganzer Körper reagiert auf seine Berührungen. Ich lege meine Hand auf Jonas Schulter und fühle sein Schulterblatt durch den groben Stoff des Hemdes. So stehen wir einen Moment und hören dem Song zu. Dem Banjo, der Westerngeige, dem peitschenden Tanzrhythmus. Unsere Augen treffen sich, und ich sehe die Überraschung. Was geht hier vor?

Taylor tanzt vorbei und gibt Jona einen Klaps auf den Hinterkopf. »Go, boy!«

Wir lösen uns aus unserer Erstarrung und lächeln auf einmal verlegen.

»I'm a terrible dancer …«, sagt Jona und grinst schief.

»No, you're not!«

Auf einmal bin ich mir ganz sicher. Ich nehme seine freie Hand, wir schaffen das. In dem Moment endet der Song abrupt, und ein neuer beginnt. Ein Blues, ruhig und gefühlvoll, und die Pärchen auf der Bühne ziehen sich sofort eng aneinander.

Jona macht nicht mehr als eine leichte Bewegung, und ich falle ihm schon entgegen, als ob da ein Magnetismus wäre. Ich lege meine Arme auf seine Schultern, er seine Hände um meine Hüften, unsere Körper finden wie selbstverständlich zusammen, auf einmal ist alles einfach. Wir tanzen ruhig und ernst. Mein Herz schlägt so heftig, dass ich mir sicher bin, dass Jona es spürt und alle es hören.

Der Song endet, alle Pärchen lösen sich voneinander und klatschen. Auch wir, obwohl ich mir nicht sicher bin, ob ich alleine stehen kann. Ich sehe Jona nicht an, sondern starre auf die Bühne, wo die Band sich verbeugt und dann den nächsten schnellen Song spielt.

»Wanna eat something?«, fragt Jona und kommt dafür ganz nah an mein Ohr. Ich nicke, und er nimmt meine Hand und führt mich von der Tanzfläche.

Wir setzen uns auf eine der Bänke am Rand neben zwei alte, zahnlose Frauen, die begeistert mit der Musik mitklatschen und Bowle trinken. Jona geht los und holt zwei Becher, während ich den alten Frauen erkläre, dass ich kein Haarteil trage und die hellen Haarspitzen ein besonderer Style sind. Sie schütteln lachend den Kopf. Okay, vielleicht nicht in ihrem Alter.

Jona kommt mit den Bechern zurück. Die Bowle ist süß, schmeckt nach Erdbeeren und hat einen herben Nachgeschmack. Dazu essen wir Maiskolben, eine verrückte Mischung.

Taylor kommt vorbei und deutet auf unsere Becher.

»Be careful …«

Die zahnlosen Alten lachen, und ich verstehe. Es ist Alkohol in der Bowle. In Amerika darf man keinen Alkohol auf offener Straße trinken, also versteckt man ihn in der süßen Bowle. Ich spüre auch schon die Wirkung, aber ich kann sowieso nicht mehr richtig klar denken. Ich sehe Jona an und lächele glücklich. Bin ich etwa dabei, mich in ihn zu verlieben?

Taylor setzt sich zu uns und erzählt, dass Jona oft in der Werkstatt ist, aber weniger an Autos schraubt, sondern mehr bei der Arbeit zusieht und die ganze Werkstatt mit seinen Jokes unterhält.

»You need me, dude, admit it!«, ruft Jona, und Taylor grinst breit. Er beugt sich zu mir. »He's crazy, but I like him.«

Ja, ich mag ihn auch.

Wir sitzen zusammen mit Taylor und reden, bis es dunkel wird. Jona spricht die ganze Zeit Englisch, gestikuliert mit den Händen und unterhält die zahnlosen Frauen, Taylor und eigentlich den ganzen Tisch mit seinen Geschichten. Zwischendurch flüstert er mir kleine Dinge auf Deutsch zu wie: »Ich mag deine Haare« oder »Du hast tolle Augen«.

Ich glaube, er ist leicht betrunken, aber als wir aufstehen, um Marshmallows zu grillen, ist mir schwindelig, und Jona steht sicher, fängt mich auf und zieht mich leicht an sich. Sofort ist das Flirren wieder da, in meinem Bauch, meiner Brust, am ganzen Körper.

Am Feuer sitzen fast nur Kinder, und das, was auf ihrem Stock steckt, ist mehr oder weniger verbrannt. Wir nehmen uns lange Holzstäbe, auf denen Riesenmarshmallows stecken, und halten sie über das Feuer. Mein Marshmallow verwandelt sich schnell in ein Stück Holzkohle, und Jona lacht und zeigt mir, wie es geht.

Seine Hand liegt warm auf meiner. Hört das Kribbeln denn überhaupt nicht mehr auf?

»No problem for a superhero«, sagt er und dreht den Stock geschickt.

Wir teilen uns seinen perfekt gebräunten Marshmallow, der wie eine Mischung aus Zuckerwatte und Kaugummi schmeckt.

Es wird schnell dunkel, die Band hört auf zu spielen, und die Kinder werden von ihren Eltern abgeholt. Schließlich sitzen nur noch Taylor, Jona und ich am Feuer, das langsam verglüht.

Doch aus der Werkstatt hören wir den Gitarristen der Band. Er gibt noch ein kleines Unplugged-Konzert, und wir ziehen in die Garage um.

Jona setzt sich auf einen Stapel Reifen, zieht mich ganz selbstverständlich auf seinen Schoß und legt seine Arme um mich. Ich fühle mich wie in einem Traum, nichts ist real, weder der Ort noch was passiert, ich schwebe.

# Jonathan

TAYLOR BESTEHT DARAUF, uns in seinem Pickup nach Hause zu bringen, dabei bin ich ziemlich nüchtern. Ich kenne die gepanschte Bowle, und seit meinem Absturz im Camp wird mir eh schon vom Geruch von Alkohol übel.

Aber ich glaube, Ronja ist ein wenig beschwipst, denn sie hat diesen Blick aus riesengroßen Augen, der mich um den Verstand bringt. Seit wir zusammen getanzt haben, spielt mein Körper verrückt, wenn sie mich anschaut, und flippt aus, wenn wir uns berühren. Taylor wirft mir dauernd diese Blicke zu, als wüsste er genau, was abgeht. Ich weiß nur, dass ich die ganze Zeit mit ihr zusammen sein will. Mann, mich hat es echt erwischt.

Wir laden das Fahrrad meiner Mutter hinten auf die Ladefläche und steigen vorne ein. Taylor trinkt keinen Alkohol mehr, seit er wegen Alkohol am Steuer fast seinen Führerschein verloren hätte, und ist für meine Mutter seitdem das leuchtende Vorbild. Nun, vielleicht nicht in jeder Hinsicht. Ich wundere mich, dass er gar kein Mädchen dabeihat, aber vor Ronja werde ich das Thema jetzt nicht ansprechen, denn mein Herz rast schon bei dem Gedanken, dass Taylor uns gleich bei mir absetzt und wir dann allein miteinander sind. Ich hoffe nur, meine Mutter und Rainer sind noch unterwegs. Irgendwann am Abend haben sie uns gesimst, dass sie in Manhattan zusammen essen gehen, aber das ist auch schon ein paar Stunden her.

Auf der ganzen Rückfahrt lässt Taylor Countrymusik laufen, und ich bin froh, dass sie lauter ist als mein Herzschlag oder das Blut, das durch meine Adern rauscht.

Er hält vor meinem Haus, und wir laden das Fahrrad ab. Ich sehe sofort, dass kein Licht bei uns ist, weder unten noch oben, und das ist gut, denn ich will mit Ronja allein sein.

Ich schließe das Fahrrad am Zaun an, da ich es jetzt nicht durchs Haus tragen will, überhaupt kann ich mich gerade auf nichts konzentrieren. Ich hoffe, ich schließe es wirklich an und wickele nicht nur das Schloss um den Gartenzaun.

Taylor umarmt mich zum Abschied, was er selten macht, und raunt mir ins Ohr: »Go for it!«

Ich zeige ihm unauffällig den Mittelfinger. Als ob es nur darum ginge!

Taylor umarmt auch Ronja zum Abschied und winkt lässig. »See ya and thanks for your help.«

»No prob!«

Ronja und ich gehen die Treppe hoch, ich hole den Schlüssel raus. Was jetzt?, fragt eine panische Stimme in mir. Mein Herz macht einen Riesenterror, und in meinem Magen gehen mindestens drei Handys auf Vibration los. Ich brauche vor

Aufregung Minuten, bis ich den Schlüssel im Schloss habe und aufschließe. Dann sind wir im Haus. Es ist still und dunkel, aber ich will kein Licht machen. Jetzt nicht.

Ich bleibe im Flur stehen, und Ronja schließt die Tür, doch durch das Glas in der Tür fällt noch genug Licht von der Straße in den Flur, sodass ich sie gut erkennen kann. Ihre großen Augen, ihre helle Haut, die blonden Haarspitzen und ihre weißen Zähne in ihrem leicht geöffneten Mund. Hat sie sich verändert? Nein, eigentlich ist es dasselbe Mädchen, das in der Nacht, als ich vom Camp kam, in meinem Bett gelegen hat, und schon da hat sie mir gut gefallen. Sie ist wunderschön.

Wir stehen viel zu lange voreinander, aber eigentlich weiß ich, was ich will. Ich nehme Ronjas Hand und verschränke meine Finger mit ihren. Sie zu berühren haut mich um. Sie lächelt, und dann tue ich es einfach und küsse sie. Ihre Lippen sind heiß und schmecken nach Erdbeerbowle, und sie küsst mich zart und entschieden zurück. Ich ziehe sie etwas näher an mich und spüre ihren Körper. Einerseits bin ich froh, dass der harte Stoff der Latzhose zwischen uns ist, auf der anderen Seite möchte ich sie ganz spüren, ihre Brüste, ihre Hüften, alles.

Und dann das. Ein Geräusch, als ob ein Stuhl umfällt oder ein Mensch vom Sofa, was sehr viel wahrscheinlicher ist, da eine männliche Stimme kurz darauf leise flucht und eine weibliche laut lacht. Die Geräusche kommen aus dem Wohnzimmer, gleich nebenan. Ronja und ich erstarren.

Einbrecher?

Schön wär's. Aber ich erkenne die Stimme meiner Mutter

und dann die von Rainer. Sind die beiden betrunken? Nein. Bei der Abneigung meiner Mutter gegen Alkoholexzesse ist das vollkommen unmöglich. Bleibt nur noch ein Unfall oder Missgeschick oder Sex, was gerade das Wahrscheinlichste ist, da Ronja mich entsetzt anstarrt, als meine Mutter kichert und es sich anhört, als würde sie mit Rainer auf dem Boden liegen.

Wir entscheiden gleichzeitig, in die Küche zu fliehen. Dabei sind wir sehr leise, denn es ist sonnenklar, dass unsere Eltern uns nicht haben kommen hören oder sogar denken, wir würden schon im Bett liegen. Jeder in seinem, natürlich. Als wir an der Wohnzimmertür vorbeikommen, sind die Geräusche eindeutig.

In der Küche lässt sich Ronja auf einen Stuhl fallen. Ich mache Licht. Sie blinzelt fragend in meine Richtung, und ich nicke. Unsere Eltern haben Sex in unserem Wohnzimmer. Was bedeutet das?

Weil mir nichts Besseres einfällt, reiße ich den Kühlschrank auf und stelle Milch heraus, hole zwei Schüsseln und Cornflakes. Ronja sagt nichts dazu, sondern zieht nur eine Schüssel zu sich heran. Ich habe seit dem Maiskolben nichts mehr gegessen, und gerade ist mein Magen ein riesiges Loch, das unbedingt mit Nahrung gefüllt werden muss.

Ronja gießt Milch in meine Schüssel, und ich schütte gleichzeitig die Cornflakes dazu, dann machen wir das Gleiche mit ihrer Schüssel. Gott, wir sind das perfekte Paar, aber gerade haben wir ein Problem.

Ronja starrt in ihre Cornflakes-Schüssel. »Mein Vater ist sonst nicht so.«

»My mother neither.«

Also ist es wohl ernst. Was ist, wenn die beiden ein Paar werden?

»Das Dan-Problem«, sagt Ronja düster.

Das Dan-Problem? Ich verstehe gar nichts mehr. Ich dachte, sie hätte keinen Freund. Ronja erklärt es mir. Die Sache mit Dan und Serena aus *Gossip Girl.* Sie erzählt mir die halbe Serie bis zu der Folge, in der die beiden zusammenkommen und sich dann trennen, da ihre Eltern zusammenkommen und sie dadurch praktisch zu Geschwistern werden und Geschwister eben keine Beziehung miteinander haben können.

»Tja«, sagt Ronja und beginnt, ihre Cornflakes zu essen.

Ich sage gar nichts, der Appetit ist mir vergangen.

Was heißt das denn jetzt?

»Sie werden matschig«, sagt Ronja und deutet auf meine Schüssel.

I know!

»Und?«, frage ich, da sich in meinem Kopf ein riesiges Chaos an Möglichkeiten auftut. »Was haben denn die Eltern von Dan und Serena gemacht?«

»Geheiratet«, sagt Ronja und zuckt mit den Schultern. »Komm, Bruder, iss deine Cornflakes.«

Ich setze mich. »Perhaps it's only a one night stand …«

Ronja funkelt mich an. »Ich habe doch schon gesagt: So was macht mein Vater nicht.«

Ja, okay, meine Mutter auch nicht. Jedenfalls, soviel ich weiß, und schon gar nicht hier zu Hause.

Ronja trinkt den letzten Rest Milch aus ihrer Schale. Ich weiß, wie süß der ist.

»Hättest du gerne eine Schwester?«, fragt sie.

Um ehrlich zu sein, lieber einen Bruder, aber darum geht es doch gar nicht.

Ronja steht auf. »Es ist vielleicht besser so, immerhin hast du eine Freundin.« Sie stellt ihre Schüssel in den Abwasch und schaut mich nicht an. »Cheyenne.«

Verdammt, ich weiß, wie sie heißt.

»We broke up«, sage ich, und Ronjas Kopf schnellt herum. »Sort of …«, füge ich schnell hinzu, da mich ihr kritischer Blick erschreckt.

»Ich geh dann mal schlafen. Bis morgen«, sagt sie, und es klingt genauso, wie eine Schwester mit einem Bruder sprechen würde. Gelassen, entspannt. Wir hören einen spitzen Schrei aus dem Wohnzimmer und dann ein tiefes Stöhnen und erstarren zum zweiten Mal an diesem Abend. Ich steh unter Schock.

# Ronja

ICH LIEGE IN DER KLEINEN KAMMER und starre im Dunkeln an die Decke. Das Licht des Mondes wirft einen hellen Streifen an die Decke, und ich frage mich, was jetzt wird? Mein Brustkorb schmerzt, als ob sich darin etwas sehr stark zusammenziehen würde. Ich vermisse Jonas Berührungen, seine Küsse, aber das ist lächerlich. Wir kennen uns doch fast gar nicht. Außerdem hat er eine Freundin und steckt in einer Beziehungskrise, in die ich mich nie hätte einmischen dürfen. Sort of. Wahrscheinlich kommt er schon bald wieder mit ihr zusammen, und dann hätte ich genauso gelitten, also lieber jetzt als später. Mein Herz tut trotzdem weh. Habe ich etwa Liebeskummer?

Und dann ist da mein Vater, der zum ersten Mal meine Mutter betrügt. Okay, ich weiß, betrügen ist nicht ganz das richtige Wort dafür, da sie seit fünf Jahren tot ist, und vermutlich hatte er auch schon mal wieder Sex mit irgendeiner seiner Freundinnen. Zum Beispiel mit der Rothaarigen, die immer mit ihm in den Urlaub fahren wollte, aber da war nie etwas vor meinen Augen wie jetzt mit Mona. Und wenn es ernst ist und die beiden zusammenkommen? Und Mona die Position meiner Mutter einnimmt? **Das geht nicht.** Oder meine Stiefmutter wird?

Ich atme tief ein und aus. Das Leben geht weiter. Dann wird Jona eben mein Stiefbruder. Ich habe mir immer Geschwister gewünscht. Nun, vielleicht eher eine Schwester, aber ich habe ja Sonja. Und ein Bruder ist besser als gar nichts.

In der Nacht träume ich von Jona. Wir sind beide Superhelden und leben auf einem fernen Planeten, der durch Antimaterie zusammengehalten wird, und wir sind ein Paar. Für Superhelden auf einem fernen Planeten ist alles möglich, und als ich am Morgen ein Klopfen höre, will ich nicht aufwachen, sondern auf meinem Planeten bleiben, weit weg.

»Ronja?«

Mein Vater? Ich schnelle hoch.

»Ja?«

»Kann ich reinkommen?«

Jein. Wahrscheinlich will er mit mir reden oder etwas beichten, und eigentlich wünsche ich mir das ja auch die ganze Zeit. Mehr Gespräche. Aber das sind genau die Momente, in denen er lieber schweigen sollte. Wie damals nach Mamas Tod, als er oft betrunken von der Arbeit nach Hause gekommen ist und behauptet hat, er wäre mit Arbeitskollegen essen gewesen. Lange Erklärungen, dabei wusste ich Bescheid. Sich aus Trauer über den Tod seiner Frau zu betrinken, ist ja auch irgendwie verständlich, dafür brauchte ich keine halb wahren Geständnisse. Aber okay, ich bin auch froh, dass er mit mir reden will, denn was ich gestern gehört habe, verdient eine Erklärung.

Ich hüpfe aus dem Bett. »Okay!«

Mein Vater öffnet vorsichtig die Tür. Schuldbewusst? Doch dann sehe ich ein glückliches Grinsen auf seinem Gesicht.

»Ach, du bist schon wach?«

Sort of.

»Was ist?«, frage ich und tue unschuldig.

Mein Vater setzt sich auf die Bettkante, da es keine andere Sitzgelegenheit gibt.

»Ich wollte was mit dir besprechen. Gestern, also ... Wann bist du eigentlich nach Hause gekommen?«

»Spät!«, sage ich, und dann fällt mir ein, dass das nicht unbedingt die beste Antwort ist. »Also, mittelspät, so gegen zehn.«

Eigentlich war es zwölf.

»Gut. Also ...«, setzt mein Vater wieder an, verstummt aber gleich wieder.

»Nun, ich ... glaube, ich habe mich verliebt.«

Da ist dieses Funkeln in seinen Augen, das ich in letzter Zeit selten gesehen habe, und eigentlich freue ich mich darüber.

»Mona«, sage ich, weil das jetzt nicht schwer zu erraten war.

Er nickt. »Es hat mich erwischt. Ich hoffe, du bist nicht sauer, oder so?«

Ein Hundeblick in meine Richtung. Nein, ich bin nicht sauer oder so, und eigentlich würde ich gerne antworten: Ich auch.

Sogar ganz heftig, aber dann erinnere ich mich. Jona hat eine Freundin. Cheyenne. Und wenn das so weitergeht, dann werden wir Geschwister. Sort of.

»Oh. Aha, ja, schön«, sage ich, aber es klingt nicht sehr überzeugt. »Und was heißt das jetzt?«

Mein Vater zuckt mit den Schultern. »Das heißt nicht, dass deine Mutter zu ersetzen wäre. Oder sich erst einmal irgendetwas an unserem Leben ändern muss. Wir … warten einfach ab.«

Okay. Ich nicke. Abwarten klingt gut.

Mein Vater verlässt die Kammer, und der Duft eines neuen Aftershaves bleibt zurück. Abwarten, aha. Aber was gibt es da abzuwarten? Erst mal werde ich duschen.

Das Bad ist besetzt. Ich stelle mich davor und warte, bis Mona in einem Sommerkleid herauskommt und leicht verlegen ist, als sie mich sieht.

»Morgen, Ronja. Wir wollen gleich nach Manhattan zum Bagel-Frühstück fahren, bist du dabei?«

Wir?

Ich nicke, weil ich keine Ahnung habe, was die Alternative wäre.

»Jona kommt auch mit«, sagt Mona, und mein Herz macht einen riesigen Hüpfer, als sie seinen Namen ausspricht.

Ich gehe ins Bad, schließe ab und atme tief ein und aus. Mein Allheilmittel gegen emotionalen Stress, aber gerade hilft es gar nicht. Jona! Ich dachte, das Liebeskummergefühl würde über Nacht verschwinden, aber das ist es nicht. Es wird eher immer schlimmer. Also versuche ich das zweite Heilmittel, die warme Dusche. Warmes Wasser, Entspannung. Wenn ich dabei nur nicht an die Dusche in der Werkstatt denken würde und Jonas Blick, als ich im Handtuch vor ihm gestanden habe.

**Frühstücken in Manhattan**, sage ich mir und halte mein Gesicht unter den Wasserstrahl, eigentlich ein Traum. Ich drehe das Wasser ab, rubble mir die Haare trocken. Es wird wieder ein heißer Tag werden, und heiß heißt Sommerkleidung. Aber ich brauche heute dringend meinen Hoodie.

Weil ich meine Gefühle nicht zeigen will, behauptet Sonja, und heute stimmt das wirklich. Dazu ziehe ich eine Jeansshorts an und betrachte mich in dem Bodenspiegel, der innen an der Tür angebracht ist. Gehe näher und streiche meine nassen Haare zurück. Was ist mit meinen Augen? Glänzen sie etwa genauso wie die meines Vaters?

Sort of.

Egal. Ich reiße entschlossen die Tür auf, und Jona stolpert mir entgegen. Boxershorts, nackter Oberkörper, wir berühren uns kurz und schrecken beide zurück.

»Sorry, I …«

»Ist okay«, sage ich schnell und schiebe mich an ihm vorbei in den Flur. Mein Herz rast wie verrückt. Jona verschwindet im Bad, und ich husche zurück in meine Kammer. Wie soll ich diesen Tag überleben?

»Hier gibt es Sesam-Bagel, Mohn-Bagel, Natur-Bagel, Vollkorn-Bagel, na, das siehst du ja«, sagt Mona und zeigt auf die Theke, hinter der zwei Spanier in weißen Kochjacken stehen und darauf warten, dass ich mir einen Bagel und einen Belag aussuche oder Eier und Speck oder sonst etwas. Hauptsache, ich bestelle etwas, denn hinter mir wartet eine lange Schlange von Kunden. Ich stehe hinter Mona, die für sich und meinen Vater bestellt hat, der den kleinen Tisch frei hält, den wir glücklicherweise erobert haben. Weiß sie, dass er kein Spiegelei mag und den Kaffee immer schwarz trinkt? Oder hat sich das alles auf einmal geändert?

Jona steht hinter mir, was es mir nicht gerade leichter macht, mich auf irgendetwas zu konzentrieren. Als er merkt, dass ich mich nicht so schnell entscheiden kann, bestellt er vor mir einen Bagel mit Ei, und ich sage einfach: Same for me, please.

Wir alle nehmen Kaffee, der in Pappbechern ausgegeben wird, obwohl wir ihn nicht mitnehmen.

»So ist das in Amerika«, sagt Mona. »Alles wird verpackt, und alles ist **to go**, auch wenn wir es hier essen. Willkommen im Fast-Food-Land.«

Wir setzen uns um den kleinen Tisch. Mona stellt vier in Alufolie verpackte Bagels, zwei Obstsalate in durchsichtigen Plastikbechern und vier Pappbecher mit Kaffee auf den Tisch. Eine Menge Verpackung. Ich öffne meinen Bagel, der köstlich duftet. Ein Traum, wenn mein Magen nicht unruhig und nervös flattern würde. Wie soll ich da etwas essen? Ich sehe verstohlen zu Jona, der bis auf seine Bestellung heute Morgen noch kein Wort gesagt hat. Ich weiß noch nicht mal, wie er zu der Tatsache steht, dass unsere Eltern ganz offensichtlich mehr als einen One-Night-Stand hatten. Dieses Frühstück sieht sogar schon nach Familienzusammenführung aus.

Mona und mein Vater machen Small Talk und überbrücken die Stille. Schließlich bemerken sie wohl, wie wenig wir zu dem Gespräch beitragen, und Mona fragt: »Wie war es eigentlich gestern auf der Party bei Taylor?«

Ich warte auf Jonas Antwort und er auf meine.

»It was …«, setze ich an.

»Great!«, vollendet Jona den Satz und sieht mich nicht an.

Ja, es war **great**. Sogar mehr als das. Totally-super-absolutely-mega-great.

# Jonathan

**ES GAB EINE ZEIT,** da hat meine Mutter sogar auf Partnerbörsen im Internet nach einem Mann gesucht. Ich muss ja wohl nicht sagen, wie **creepy** das ist. Das war zu der Zeit, als mein Vater seine neue Freundin kennengelernt hatte und sie offenbar der Meinung war, sie bräuchte jetzt auch einen Freund. Nun, die Zeit ist lange vorbei, und auch wenn es ab und zu mal Typen gab, die mit meiner Mutter nach Hause gekommen sind, dann war es eigentlich kein Thema mehr.

Ist wohl klar, dass das für mich sehr angenehm ist, da ich wirklich keine Lust darauf habe, dass mir noch jemand im Haus sagt, was ich zu tun oder zu lassen habe, denn das machen Stiefväter ja wohl gewöhnlich.

Aber offenbar hat meine Phantasie nicht ausgereicht, sich das hier vorzustellen. Wir sitzen zu viert im Bagelshop, und alle Wette, jeder glaubt, wir wären eine richtige Familie. Und Ronja meine Schwester oder Halbschwester. Logisch, dass man sich in die nicht verliebt. Das versuche ich mir selber zu erklären, während ich meinen Egg-Bagel esse, ohne auch nur irgendetwas zu schmecken. Es könnte eigentlich auch eine Pappschachtel sein, die ich in mich hineinstopfe.

Ronja isst gar nicht, und ich weiß, dass das nicht normal ist, denn ich habe ja gesehen, dass sie sonst locker zwei Hotdogs verdrückt. Ich nehme an, ihr schlägt das mit unseren Eltern genauso wie mir auf den Magen, nur dass ich einfach weiteresse. Wie die beiden sich ansehen, lachen, sich ständig berühren, küssen. Ja, auch küssen. Vor uns! Wenn ich das sehe, muss ich an den Kuss mit Ronja denken. Ihre Lippen, ihren Duft. Und dann entsteht dieses unendlich traurige Gefühl in mir, weil es vielleicht der letzte Kuss war, den ich ihr je geben werde. Gleichzeitig ist es so großartig, wenn ich mich daran erinnere. Einfach das Größte.

»Jona? Jooona?!«

Ich schrecke hoch, und alle starren mich an.

»Waff?«

Sorry, ich habe eine Pappschachtel im Mund.

»Ronja meinte gerade, sie würde gerne auf das Empire State Building gehen. Was denkst du?«

Was ich denke? Natürlich will ich mit ihr egal wohin gehen. Was vermutlich nicht das Gefühl ist, was man seiner Schwester gegenüber haben sollte.

»Jona?«

Ich zucke mit den Schultern. Ich bin überfordert.

»Na ja, es ist halt so ein Touristenziel …«, sagt Ronja, weil sie meine Reaktion ganz falsch deutet. Nein, stopp! Ich will mit ihr zusammen sein. Unbedingt.

»It's okay.« Ich grinse. »And maybe fun.«

Ronja lächelt unsicher. Ja, ich weiß auch nicht, wie das weitergehen soll.

»Und ihr?«, fragt Ronja Mona und Rainer.

Eben. Genau die Frage interessiert mich auch.

Meine Mutter wird leicht rot. »Also, ich habe noch so viel zu arbeiten. Ich muss noch den Artikel schreiben …«

Ronja sieht zu ihrem Vater. »Und du?«

Leute, sie ist echt unerbittlich, dabei ist es doch sonnenklar. Die beiden wollen nach Hause und poppen, bis der Putz von der Decke fällt.

»Ich dachte, ich sehe mir mal den *Superhero Supply*-Shop für den Reiseführer an. Ronja war ja ganz begeistert.« Rainer nickt mir zu. »Danke, übrigens, für die Dose mit Energie.«

Alles klar, der Laden ist nur fünf Minuten von uns entfernt. Perfektes Alibi.

»Na dann«, sagt meine Mutter und steckt mir unauffällig fünfzig Dollar zu. »Viel Spaß!«

»Wow.«

Wir schauen vom Empire State Building auf New York, die Dächer der Skyscraper, die Straßenschluchten, die winzigen gelben Taxis. Ich hätte nicht gedacht, dass es so abgefahren hier oben ist. Ronja ist wie immer vollkommen begeistert, hüpft herum, schwenkt ihre Arme.

Wir haben uns für die Aussichtsplattform im 86. Stock entschieden, weil man im 102. Stock nur hinter einer großen Glasscheibe steht und nicht so gut fotografieren kann. Ronja kriegt sich gar nicht mehr ein. Das mag ich an ihr.

»Der East River! Ich sehe die Hochhäuser an der Wall Street!«

Logisch, wir sind auch 381 Meter hoch. Ich sehe das alles auch, aber erst zusammen mit Ronjas Begeisterung wird es eine Sensation.

»Ist das Chrysler Building nicht wunderschön?«

Ja, stimmt.

»Du schaust ja gar nicht hin.«

Right. Ich sehe lieber Ronja zu, wie sie aufgeregt gestikuliert, ihre leuchtenden Augen, die Haare, die der Wind durcheinanderwirbelt. Verdammt, ich bin verliebt.

»Why don't you take pictures?«

Warum macht sie keine Fotos? Sie schaut mich überrascht an, zuckt mit den Schultern und reicht mir die Kamera. Ich nehme sie ehrfürchtig, schalte sie an, nehme den Objektivdeckel ab und will dann eigentlich nur Ronja fotografieren. Das Licht auf ihren Haaren, ihr Lächeln, aber ich traue mich nicht und halte die Kamera in Richtung Stadt. Nun, die Bilder, die ich hier machen kann, sehen bestimmt auf hundert Millionen Postkarten besser aus, also schalte ich die Kamera wieder ab und sehe weiter mit Ronja in die Straßenschluchten, bis sie sagt: »Erzähl mir von Cheyenne.«

What?

Ich tue so, als hätte ich ihre Frage nicht gehört oder verstanden, aber sie wiederholt sie einfach. Sie ist echt unerbittlich.

»Why?«

»Na ja, wenn ich deine Schwester wäre … Ich will wissen,

wie deine Freunde so sind. Taylor kenne ich ja schon, und Cheyenne ist dir doch wichtig, oder?«

Ich bin sprachlos. Das ist doch verrückt. Ich habe Cheyenne vollkommen vergessen, und jetzt fängt Ronja von ihr an? Hallo? Ich verstehe natürlich, was sie meint, ich will auch wissen, wie Ronjas Freunde so sind. Ich will ihr ganzes Leben kennenlernen. Alles! Aber jetzt von Cheyenne reden?

»Later …«, sage ich und hoffe, dass sie die Sache einfach vergisst.

Nachdem wir wieder runter vom Empire sind, gehen wir in einen *Starbucks*. Die fünfzig Dollar sind für den Eintritt ins Empire State Building draufgegangen, und ich überschlage schon mal im Kopf, was wir bestellen können. Wenn ich nur einen kleinen Kaffee nehme, müsste es eigentlich hinkommen, aber Ronja besteht darauf, diesmal zu bezahlen. Ich setze mich also an einen Tisch und beobachte, wie sie bestellt. Alles mit den Händen beschreibt, auf den Kuchen zeigt, Gott, sie ist einfach **cute**. Diese Geschwistersache ist doch Unsinn. Nur etwas, was sich ein Serienschreiber ausgedacht hat, aber absolut nichts, was mit der Realität zu tun hat. Dan und Serena, was haben wir mit denen zu tun? Gar nichts. Wir können ein Paar werden. Vielleicht sollten wir das alles in Ruhe besprechen.

Ronja kommt mit einem großen Tablett an den Tisch und verteilt Kaffee und Muffins.

»Schokolade oder Walnuss?«

Keine Ahnung.

»Okay, wir teilen.«

Sie geht zurück zur Theke und holt ein Messer. Mein Mund ist ganz trocken vor Aufregung. Ich rede mit ihr. Ich spreche es an, wenn sie zurückkommt.

Sie setzt sich, teilt den ersten Muffin, dann den zweiten und schaut mich an.

»So, und jetzt erzähl mir von Cheyenne.«

Ich schlucke. Zu spät. Und – vielleicht will Ronja ja gar nicht mit mir zusammen sein. Ein Kuss von mir, okay, aber der war vielleicht auch nicht so umwerfend. Sie könnte auch Taylor haben, und überhaupt … sie braucht keinen Freund.

Sie schiebt mir den Kaffee und einen halben Muffin rüber, stützt den Kopf in ihre Hände und plinkert sehr süß mit ihren Wimpern. »Also?«

Okay, also erzähle ich. Vom Anfang, der nicht gerade heroisch war, eher ungeschickt und peinlich. Ich lasse den ersten Kuss aus und gehe gleich zu unserer Beziehung über, die – wie mir jetzt auffällt – hauptsächlich darin bestand, dass wir uns in der Pause vor den Schließfächern getroffen und rumgeknutscht haben und dass ich sie dreimal in der Woche vom Cheerleader-Training abgeholt habe.

»Und was ist auf der Fahrt passiert? Im Camp?«

Ronja erspart mir nichts. Ich erzähle von Cheyennes Vorschlag, mal ein wenig auf Abstand zu gehen, Mr Muskelpaket und meiner Eifersucht. Und dann von der Aktion im Wald: Schnaps, Whiskey, Schnaps.

Sie verzieht mitfühlend das Gesicht.

»Mädchen sind manchmal komisch.«

»No shit!« Da hat sie absolut recht.

»Aber wie ist sie denn so? Warum hast du dich in sie verliebt?«

Oh Mann! Weiß ich das überhaupt noch? Jetzt kommt mir alles so weit weg vor. Ronja hat wirklich alle Qualitäten einer Journalistin und presst es richtig aus mir heraus. Also gut, ich erzähle von Cheyenne, dem beliebtesten Mädchen an der Schule. Der typischen Cheerleaderin. Wie stolz sie ist, eine Viertelindianerin zu sein, Nachfahrin der Absarokee, und dass ihr Großvater und Vater an 9/11 beim Einsatz als Feuerwehrleute gestorben sind. Sie also aus einer Familie von Helden kommt.

Ronjas Augen weiten sich, sie springt auf und klatscht mit beiden Händen auf den Tisch. Ich frage mich, ob ich was Falsches erzählt habe, bis ich kapiere, dass es genau das Gegenteil ist.

»Das ist ja ein Zufall!«

»What?«

Sie lächelt und erzählt mir von dem Artikel über das neue World Trade Center für die Schülerzeitung, den sie schreiben möchte. Und dass sie Cheyenne unbedingt dafür interviewen muss.

**Un-be-dingt.**

Sie strahlt mich an. »Du musst sie anrufen!«

No way.

»Please!«

# Ronja

ICH BIN STOLZ AUF MICH. Ich sitze in der kleinen Kammer und drehe die Dose mit dunkler Materie in meiner Hand. Mein eigener Planet, ich kann ihn beherrschen. In der anderen Hand halte ich mein iPhone, auf dem Sonja die typischen zuckenden Skype-Bewegungen macht.

»Ich versteh gar nichts mehr!«

Dabei habe ich ihr alles genau erklärt. »Wir sind jetzt Geschwister, beste Freunde. Er erzählt mir alles.«

»Hä? Was ist denn daran so gut? Ich dachte, ihr habt euch geküsst?«

»Hallo? Er hat eine Freundin. Cheyenne.«

»Na und?«

»Dan und Serena?«

»Ach ja, stimmt«, sagt Sonja. »Ihr seid so gut wie Geschwister. Und jetzt bist du die nette Schwester und bringst Jona und Cheyenne wieder zusammen?« Sie kichert.

Ich weiß nicht, ob ich so weit gehen möchte, die beiden wieder zusammenzubringen, aber vermutlich machen das Schwestern.

»Sie können sich ja auf der Brooklyn Bridge verabreden, wie Miranda und Steve aus *Sex and the City*«, spinnt Sonja den Gedanken weiter. Sie liebt es, Leute zu verkuppeln. »Wer zum Treffpunkt kommt, gibt der Beziehung noch eine Chance.«

Ich spüre einen eifersüchtigen Stich in meiner Brust. Lächerlich. Das liegt bestimmt nur daran, dass Jona erzählt hat, wie beliebt und gut aussehend Cheyenne ist.

»Ein Wiedervereinigungstreffen auf der Brooklyn Bridge. Die Idee ist doch super, Ronja.«

Stimmt. Filmreif. Oder besser: realitätsreif.

»Und vorher bekommst du dein Interview, das ist absolut genial.«

Ich nicke. Das ist es. Wann werde ich je wieder die Gelegenheit haben, ein Mädchen zu interviewen, deren Vater und Großvater beim Anschlag auf die Twin Towers im Einsatz waren?

»Du musst dich natürlich superchic anziehen«, sagt Sonja.

»Wieso?«

»Hallo? Sie ist ein Mädchen, attraktiv, Cheerleaderin, Schul-Queen! Ronja, ich weiß, du liebst deine Hoodies, aber du solltest schon etwas mehr Selbstbewusstsein zeigen. Du willst doch etwas von ihr erfahren.«

Sonja sucht schon lange nach einem Vorwand, mir meine Hoodies auszureden. Man sieht gar nicht, was für eine tolle Figur du hast! Man könnte denken, du bist ein Junge! Du kannst dich nicht ewig verstecken.

»Sorry, ich bin eben niemand, der sich die Nägel anmalt

oder in tief ausgeschnittenen Shirts rumrennt, um die Jungs anzumachen.«

»Es geht doch in diesem Fall nicht um die Jungs«, sagt Sonja empört. »Die checken eh nichts. Aber so kannst du doch nicht zu einem Treffen mit Cheyenne gehen.«

»Es ist noch nicht klar, ob es klappt«, sage ich schnell. Langsam halte ich die Sache für falsch und gefährlich.

»Also? Was hast du mit?«

Ich seufze und gehe zu meiner Reisetasche. Ich habe ein Kleid dabei und ein Paar hohe Sandalen, weil mein Vater meinte, wir kommen nur chic angezogen in die guten Restaurants in Amerika. Er hat dafür sogar einen Schlips mitgenommen.

Ich zeige Sonja die Sachen, und sie zieht kritisch die Augenbrauen hoch.

»Ich kann mir die Haare hochstecken«, sage ich scherzhaft und halte meine Haare nach oben.

Sonja legt den Kopf schief. »Na ja, messy hair ist ja gerade in, also kannst du sie auch so lassen.«

»Danke, beste Freundin.«

»Das klang ironisch.«

»Sollte es auch.«

»Hey.« Sie wirft die Arme hoch. »Style-Berater ist ein gut bezahlter Job. Aber in diesem Fall geht es noch um etwas ganz anderes. Du willst einen guten Artikel schreiben und möglichst viele Informationen von Cheyenne bekommen. Und ich sage dir, wie du das erreichen kannst.«

Ich nicke wieder brav. Ich weiß Sonjas Ratschläge auch wirklich zu schätzen, aber bei meiner Hoodiemanie geht es nicht nur um Style. Ich fühle mich verletzlich und schutzlos ohne meinen Hoodie. Ohne eine Kapuze, die ich jederzeit aufsetzen kann, ohne die Vordertasche, in der ich meine Hände versenken kann. Ich denke an die Party in der Werkstatt. Dort habe ich ihn ausgezogen. Nicht nur, weil es heiß war, ich fühlte mich sicher.

»Okay, danke für deine Ratschläge. Du hast recht.«

Sonja schnaubt zufrieden.

»Dann viel Glück und grüße deinen«, sie hält die Hände hoch und setzt zwei Anführungszeichen in die Luft, »Bruder von mir.«

Ich grinse schief zurück. »Mach ich.«

Mein Bruder. Ich konnte die halbe Nacht nicht schlafen, bin früh wach geworden, habe geduscht und mich angezogen und dann mit Sonja geskypt. Und die ganze Zeit an Jona gedacht. Das muss aufhören! Ich ziehe mir eine Jeans an und einen Hoodie über, schnappe mir die Dose mit dunkler Materie und gehe in die Küche. Jona und ich haben verabredet, dass wir die Dose heute gemeinsam öffnen wollen. Dunkle Materie untersuchen. Was Geschwister eben so miteinander machen.

Obwohl ich mir sicher bin, dass er noch nicht wach ist, sitzt er schon am Tisch und starrt auf die Tischplatte, als ich in die Küche komme.

»Morgen!«

Er schreckt auf. »Oh, hi, morning!«

Ich stelle die Dose auf den Tisch. »Wie steht es mit unserem Forschungsprojekt? Die wollten wir doch zusammen öffnen.«

Er nickt. »Yeah, but … it's probably empty.«

Leer? Wieso?

Er nimmt sein Handy und zeigt mir, was er gegoogelt hat. Ich lese und bin etwas enttäuscht. Dunkle Materie macht zwar 25 Prozent der Masse des Universums aus, spielt eine wesentliche Rolle bei der Bildung von Galaxien, ist aber unsichtbar.

Es ist genau wie mit der Liebe, fällt es mir auf. Sie macht bestimmt 100 Prozent des Universums aus und ist auch unsichtbar.

»What are you thinking about?«

»Nichts. Wir öffnen die Dose!«

Jona nickt begeistert, seine Augen leuchten. Ich mag, dass er diese Sache ernst nimmt. Ich mag ihn. Sogar sehr. Und dann ist es für einen Moment ganz klar. Diese Geschwistersache ist Unsinn. Es klappt einfach nicht, ich bin verliebt in Jona. Ich muss es nur aussprechen.

Während Jona nach etwas sucht, um die Dose aufzustemmen, lege ich mir die Worte zurecht.

Ich habe es überschlafen und weiß jetzt, dass …

Hör mal, Jona, es gibt da eine Erkenntnis.

»Yeah, found it!«, ruft Jona und hält triumphierend einen Schraubenzieher hoch.

»Jona …«, sage ich und hole tief Luft, da mein Herz wie verrückt loshämmert.

Jonas Handy klingelt, doch er geht nicht ran, sondern sieht mich fragend an. Ich kann mich bei diesem Klingelton nicht konzentrieren. Entenquaken. Das hat ihm vermutlich Cheyenne eingestellt, irgendwie schätze ich sie so ein. Ich nicke zum Handy, und er nimmt den Anruf an. Hört zu und lächelt. Wandert mit dem Handy aus der Küche und auf die Hintertreppe.

Okay, privat. Dann warte ich eben.

Zehn Minuten später kommt er zurück und strahlt mich an.

»She's coming.«

»Wer?«, frage ich überrascht.

»Cheyenne.«

Ich spüre eine verrückte Mischung aus Enttäuschung und Begeisterung. Das war also Cheyenne am Handy.

Jona setzt sich und erklärt mir, dass er Cheyenne gemailt hat und sie sich gerade zurückgemeldet hat. Morgen kann ich mich mit ihr am Memorial treffen. Sie könnte um elf Uhr.

»Isn't that good?«, fragt Jona und strahlt.

Ich merke, wie aufgeregt er ist. »Du kannst dein Interview machen.«

Er spricht sogar Deutsch.

»Ja, okay. Toll.«

Es klingt lahm.

Jona blinzelt. »Sie ist nett. Wirklich.«

Nun, das ist nicht mein Hauptproblem. So wie Jona von Cheyenne redet, glaube ich es sofort. Sie ist nett. Aber ich sehe noch etwas anderes: Jona hat noch Gefühle für sie.

»Vielleicht kommt ihr wieder richtig zusammen«, sage ich deshalb.

Er zuckt mit den Schultern. »Maybe.«

Aha, so ist das also. Ich war nur die Ablenkung, bis Cheyenne wieder zu haben ist. Oder zumindest in Reichweite. Na klar. Und, richtig, ich bin die Schwester. Stiefschwester. Und zwar eine nette. Ich helfe Jona.

Ich ziehe die Dose mit der dunklen Materie zu mir ran.

Ich will sie jetzt öffnen und sehen, was darin ist. Ob überhaupt etwas darin ist oder alles nur Schwindel. Etwas, was man sich einbildet, an das man gerne glaubt, aber dann feststellen muss, dass man es sich nur eingebildet hat. Wie verliebt zu sein. Pah!

Ich setze den Schraubenzieher unter die Deckelkante. Ich hebele und bohre und stemme. Nichts.

Jona schüttelt den Kopf. »Lass mich mal.«

Aber ich will nicht aufgeben.

»Du musst es so machen«, sagt er.

Er legt seine Hand über meine. Ein besserer Winkel, verstehe. Was ich nicht verstehe, ist, warum mein Körper sofort Alarm schlägt, wenn er mich berührt, es in meinem Bauch zu flimmern beginnt und mein Herz losrast.

Wir hebeln gemeinsam, der Deckel springt – **plop**! – ab und fliegt in hohem Bogen durch die Küche.

Wir sehen ihm überrascht nach und dann in die Büchse. Sie ist von innen schwarz gestrichen und … leer. Wusste ich es doch. Alles Schwindel.

# Jonathan

»**BULLSHIT!**« Taylor kriegt sich überhaupt nicht mehr ein. Ich bin mit ihm unterwegs auf einer Testfahrt mit einem olivgrünen Facel Vega Excellence von 1959. Ledersitze, getönte Scheiben, elektrische Fensterheber. Das nur so nebenbei.

»What's your problem?«

Ja, was ist mein Problem? Ich versuche, es Taylor zu erklären, obwohl ich es mir selber, die ganze schlaflose Nacht lang, versucht habe zu erklären. Wenn meine Mutter und Hank Californication zusammenkommen, dann bekomme ich eine Schwester. Stiefschwester. Und die küsst man nicht.

»Bullshit!«

Taylor ist offenbar anderer Meinung. Ich erkläre ihm die Sache mit Dan.

»Her boyfriend?«

»Sort of«, sage ich, da es mir gerade unmöglich erscheint, Taylor die Sache mit der Serie und Dan und Serena aus *Gossip Girl* zu erklären.

»Bullshit!«, schnaubt Taylor und verfällt in seinen breiten Brooklyn-Slang. »Ich habe doch genau gemerkt, wie ihr aufeinander abgeht auf der Party. Da hat es gebrannt zwischen euch. Lichterketten? Duschen?«

Ja, gut. Da war etwas.

Er grinst zu mir rüber. »Und du weißt schon … Sie hätte auch mich haben können!«

Okay, was für ein Argument. Aber bloß weil Ronja nicht auf Taylor steht, heißt das ja noch lange nicht, dass sie mit mir zusammen sein will.

»Sie braucht keinen Freund«, sage ich trotzig.

Taylor tritt heftig auf die Bremse, und ich falle nach vorne auf das Armaturenbrett. Hey, dieses Auto hat keine Sicherheitsgurte!

»Jeder braucht einen Freund.«

Ich starre auf die rote Ampel, während Taylor mich anstarrt.

»Dann meinte ich eben Lover.«

Die Ampel springt auf Grün, und Taylor fährt energisch an, der Motor findet das nicht so lustig und röhrt empört.

Wenn Taylor schon ausrastet, wenn ich ihm das erzähle, was wird er dann dazu sagen, dass sich Ronja mit Cheyenne trifft? Oder zu dem **Plan**?

Also werde ich ihn erst einmal mit einer anderen Geschichte unterhalten. Taylor und ich haben nie etwas im *Superhero Supply*-Shop gekauft. Taylor wollte sein Geld nicht für »so einen Scheiß« ausgeben, und ich habe mich nicht getraut, vor Taylors Augen Geld dafür auszugeben. Also ist es mir etwas peinlich, dass ich die Dose gekauft habe. Aber, nun, wir haben oft darüber spekuliert, was wohl in der Dose sein könnte. Ich dachte, es könnte ihn interessieren.

»Ach, übrigens. Wir haben es getan.«

Er sieht zu mir rüber und grinst. Schon an seinem Blick erkenne ich, dass er da was falsch verstanden hat.

»Du und Ronja? Really?«

Nein! »Nein.«

Skeptischer Blick. »Cheyenne?«

Mein Gott, kann Taylor mal an etwas anderes denken als Autos und Sex?

»Nein. Mit Ronja. Aber nicht das.«

»Was denn?«

»Wir haben eine Dose mit dunkler Materie geöffnet.«

Taylor schießt einen Blick zu mir rüber. »What?«

»Sie war jedenfalls leer.«

Taylor fährt an den Rand, parkt und schaltet den Motor aus. Sieht mich an.

»Man, what are you talking about?«

Ja, worüber rede ich? Ich weiß auch nicht.

Er macht eine Kopfbewegung zu dem *McDonald's*, vor dem wir stehen. Okay, Mittagessen.

Taylor trägt seinen Riesenburger mit Pommes an einen freien Tisch. Ich folge ihm mit einer Riesencola und einem Kaffee. Cola für Taylor, Kaffee für mich. Ich habe noch keinen Appetit, schließlich bin ich nicht wie Taylor um fünf Uhr morgens aufgestanden.

Wir setzen uns.

»Ronja trifft sich mit Cheyenne«, sage ich, und bevor Taylor wieder »bullshit« sagen kann, erkläre ich es ihm.

»Es ist für die Schülerzeitung, für die sie schreibt. Sie will einen Artikel über das neue World Trade Center schreiben. Ich habe ihr das Interview vermittelt.«

Taylor zieht eine Augenbraue hoch und beißt in seinen Burger. Ich kenne niemanden außer Taylor, der den Mund so weit aufreißen kann, dass ein Riesenburger halb darin verschwindet.

»Cheyennes Vater ist Feuerwehrmann gewesen und hat an 9 / 11 gearbeitet.«

Taylor kaut und nickt. Okay, so weit hat er es wohl verstanden. Aber der verrückte Teil der Story kommt ja erst noch.

Ich schlürfe etwas von meinem Kaffee. Er ist bitter und zu dünn. Eigentlich mag ich keinen Kaffee.

»Und dann hat Ronja vorgeschlagen … also, sie meinte … als Schwester …«

Taylors Blick verfinstert sich schon wieder.

»Sie könnte uns wieder zusammenbringen.«

Jetzt habe ich es gesagt.

Taylor saugt an der Pipeline in seiner Cola. »Who? What?«

»Ronja. Uns. Also mich und Cheyenne.«

Er starrt mich fragend an, also erläutere ich ihm den ganzen Plan: Ronja interviewt Cheyenne, erzählt Cheyenne, was für ein toller Typ ich bin, schlägt vor, dass sie mich auf der Brooklyn Bridge trifft, wenn sie noch oder wieder mit mir zusammen sein will.

Taylor schweigt. Entweder hat er es noch nicht richtig kapiert, oder der Bullshit ist ihm ausgegangen.

Er wischt sich den Mund ab. »Du willst also wieder mit ihr zusammenkommen?«

»Sort of …«

Er schluckt den letzten Rest Burger runter und wirft resigniert die Hände hoch. »Okay. Und was war nun mit der dunklen Materie?«

Also hat er das doch mitbekommen.

»Na ja, die Dose war leer.«

»Wieso leer?«, sagt Taylor und schiebt einen Haufen Pappe und Papier zur Seite. »Dunkle Materie ist unsichtbar.«

Jetzt starre ich ihn an. Woher weiß Taylor das? Er zuckt mit der Schulter. »Weiß doch jeder, Mann.«

Nachdem Taylor noch einen Kaffee getrunken hat, gehen wir.

Draußen steht eine Gruppe von Jungs vor dem Facel Vega und diskutiert.

»Schau mal die geilen Heckflossen«, sagt einer.

»Wie schnell der wohl fährt?«, sagt ein anderer.

»250 PS, 190 km / h«, sagt Taylor und stellt sich dazu.

Sie diskutieren die technischen Details, die Karosserie, die Innenausstattung, und Taylor ist voll in seinem Element.

Wenn ich meinen Führerschein habe, will ich auch einen eigenen Wagen haben. Es gibt da einen alten Käfer auf dem Hinterhof der Werkstatt, der wäre einfach ideal. Cheyenne lacht jedes Mal, wenn ich ihr das erzähle. Alte Kamera, alte Autos, wann kommst du endlich in der Gegenwart an?

Taylor öffnet den Facel, und alle sehen hinein, bewundern das Armaturenbrett, die Ledersitze. Das Auto ist der Hammer, keine Frage. Oldtimer sind cool. Ich stelle mir vor, wie ich Cheyenne demnächst in meinem Käfer nach Hause fahre. Aber will sie das überhaupt?

Wir fahren zurück, und Taylor setzt mich zu Hause ab, obwohl ich nicht weiß, was ich da soll. Meine Mutter arbeitet, und Ronja ist mit ihrem Vater in Manhattan.

»See ya!«, sagt Taylor und winkt. Er muss den Wagen noch zum Kunden bringen.

Ich steige aus dem Wagen.

»Bist du morgen in der Werkstatt?«

Er nickt. »As always.«

Morgen trifft sich Ronja mit Cheyenne, und dann gehe ich auf die Brooklyn Bridge, um dort auf sie zu warten. Da könnte ich Beistand gebrauchen. Oder Ablenkung.

»Ich komme vielleicht vorbei«, sage ich.

Taylor nickt. »Okay.«

Im Haus ist es totenstill. In gehe nach oben in mein Zimmer und stehe dann eine Weile unentschlossen herum. Vielleicht kommen Cheyenne und ich wieder zusammen. Yeah, sage ich mir, ohne Begeisterung. Cheyenne wollte immer einen anderen Typen. Entschlossen, cool, erwachsen.

Ich gehe zu meinem Schreibtisch und starre auf meine Pinnwand. Cheyenne, Cheyenne, Cheyenne. Auf einmal kommen mir meine Bilder lächerlich vor. Die Pinnwand, die Collagen, das Fotografieren mit einer analogen Kamera. In die man noch einen Film einlegen muss. Und entwickeln muss.

In einem spontanen Entschluss reiße ich alle meine Fotos und Collagen von der Wand und knülle sie in den Papierkorb. Cheyenne hat recht. Es gibt digitale Kameras und Instagram. Wozu mache ich diese Sachen? Ich sollte endlich erwachsen werden.

## Ronja

AUF DER TREPPE, zur Subway hinunter, knicke ich zweimal um. Ich würde diese hochhackigen Sandalen hassen, wenn sie nicht von meiner Mutter wären. Waren. Ich habe sie vor einem Jahr zufällig in einem Koffer gefunden, sie passten, und ich habe sie sofort zu mir genommen, auch wenn ich solche Schuhe sonst eigentlich nicht trage. Doch es ist ein gutes Gefühl, sie jetzt dabeizuhaben, auf dem Weg zu Cheyenne. Ich weiß schon, verrückt, aber das alles ist ziemlich verrückt. Ich bringe den Jungen, in den ich mich verliebt habe, mit seiner Ex zusammen. Habe ich verliebt gesagt?

Die Subway rauscht in den Bahnhof, und mein Kleid weht hoch. Mir fällt Jonas Geschichte vom Flatiron Building ein, und ich muss grinsen.

Muss mich denn alles an ihn erinnern?

Ich steige in die Bahn und setze mich.

Oh – mein – Gott bin ich aufgeregt.

Gestern, als ich mit meinem Vater unterwegs war, habe ich ihm die Fragen für Cheyenne gezeigt, und er hat mich beraten. Und mir mehrmals angeboten, zusammen mit ihm das

9 / 11 Memorial und das gerade erst eröffnete 9 / 11 Memorial Museum zu besichtigen. Okay, nett, aber ich will das zusammen mit Cheyenne machen, ihre Reaktionen sehen, genau davon berichten.

Er hat gelächelt: »Du bist schon eine richtige Journalistin.« Nun, gerade fühle ich mich eher wie eine überforderte Schülerin vor einem sehr wichtigen Test. Durchfallen wahrscheinlich. Die halbe Nacht habe ich im Internet gesurft und nach Informationen über die New Yorker Feuerwehr gesucht. Recherche. Und zwischendurch bin ich immer mal wieder auf Jonas oder Cheyennes Facebook-Profil gegangen, um zu sehen, ob sie sich gegenseitig liken oder noch befreundet sind und überhaupt. Okay, das war keine Recherche, sondern eher eine Art Superparanoia und – Eifersucht.

Das muss aufhören.

Ich halte mich besser an die Fakten und sehe mir die wichtigsten Punkte an, die ich mir notiert habe: Am 11. September 2001 – ich war gerade zwei Jahre alt – flogen zwei von Terroristen entführte Passagierflugzeuge in die beiden Zwillingstürme des aus insgesamt sieben Gebäuden bestehenden World Trade Centers. 2602 Menschen im World Trade Center sowie die Passagiere der beiden Flugzeuge starben. Außerdem acht Sanitäter, 60 Polizisten und 343 Feuerwehrleute. Zwei davon waren Cheyennes Vater und Großvater. Cheyenne war damals nicht viel älter als ich, was kann sie mir erzählen?

Bis heute sind erst 1115 der Toten identifiziert, und erst vor ein paar Monaten sind die letzten 7930 Leichenteile, die bis heute nicht zugeordnet werden konnten, in das Mausoleum ins 9/11 Memorial Museum gebracht worden. Wie findet Cheyenne das? Sind ihr Vater und Großvater identifiziert worden? Kann ich sie überhaupt danach fragen?

Wir halten, Menschen strömen in die Subway. Wie viele davon haben 9/11 miterlebt?

**Stand clear of the closing doors, pleassse!**, schnarrt die Durchsage.

Okay, ich stelle besser die einfachen Fragen: Wo hat ihr Vater gearbeitet, wie ist er umgekommen? Bei dem Anschlag flog erst eine Boeing in den Nordturm, dorthin fuhr auch der erste Feuerwehrzug. Kurz darauf raste die zweite Boeing in den Südturm der Zwillingstürme. Ich sehe die Bilder vor mir, aus einer Dokumentation über den 11. September. Ich habe sie vor der Reise zusammen mit meinem Vater angesehen. Er meinte, es wäre die beste Dokumentation, die es über den 11. September gibt. Ehrlich, ungeschminkt. Denn eigentlich wollten die beiden Filmemacher nur über das Leben der Feuerwehrleute berichten, die ganz normale tägliche Arbeit. Doch dann sind sie zum Einsatz im Nordturm gefahren, waren mit den Feuerwehrleuten unten in der Lobby, als der Südturm innerhalb von sieben Sekunden einstürzte. Wo waren Cheyennes Großvater und Vater zu diesem Zeitpunkt?

Die einfachen Fragen?

Ich bin an der Chambers Street Station und muss aussteigen.

Cheyenne will sich mit mir an der **Memorial Wall**, einem großen Bronzerelief an der Feuerwache 10, direkt gegenüber dem World Trade Center, treffen.

Ich nehme meinen kleinen Rucksack, in dem meine Kamera, Geld, eine Wasserflasche und ein Sicherheits-Hoodie sind, und steige aus. Draußen schlägt mir die Hitze entgegen, und zum ersten Mal bin ich froh, dass ich ein Kleid trage. Es ist meerblau, hat Spaghettiträger, ein enges Oberteil und fällt dann in weichen Falten bis fast zum Knie. Ich habe es auf Sonjas Konfirmation getragen und danach nie wieder. Heute Morgen habe ich mich damit aus dem Haus geschlichen und gehofft, dass Jona mich nicht so sieht, so seltsam kam ich mir darin vor.

Mein Vater hat mit mir gefrühstückt, mir letzte Ratschläge gegeben und darauf bestanden, dass ich zwischendurch simse. Süß, dass er sich Sorgen macht, aber, hey, ich habe ein iPhone und einen guten Orientierungssinn.

Auf dem Weg zum Treffpunkt checke ich mein Handy. Hat Cheyenne vielleicht abgesagt? Fast wünsche ich es mir. Ich weiß überhaupt nicht mehr, wie ich das Gespräch beginnen soll. Ich muss Englisch reden und bin mir gerade sehr unsicher, ob Cheyenne Lust hat, sich mit mir das Memorial anzusehen. Jona hat mich gewarnt. Ein Touristenziel, viele Leute, langes Warten. Und ich weiß auch nicht, ob ich Cheyenne überhaupt sehen will. Die Freundin von Jona. Die großartige Cheyenne. Ich erkenne sie bestimmt sofort. Nicht nur von den Fotos bei Jona, ich suche einfach nach dem schönsten Mädchen weit und breit.

Ich bin pünktlich am Treffpunkt. Das Wandrelief ist ein riesiges, lang gestrecktes Bild aus Bronze, auf dem man die Feuerwehrleute am 11. September im Einsatz sieht. Auf dem Boden des Reliefs liegen Blumen, teils verwelkt, teils ganz frisch, die bestimmt Angehörige hier abgelegt haben. Ich bereue sofort, dass ich nicht auch Blumen mitgebracht habe, und fühle mich seltsam fremd, fast so, als würde ich an einem Grab stehen und den Toten nicht kennen.

Direkt gegenüber ist das 9/11 Memorial. **Reflecting Absence** heißt es, was ich »Nachdenken über das Abwesende« übersetzen würde. Zwei Wasserbecken, die in den Fundamenten der beiden eingestürzten Türme angelegt worden sind. Ich sehe herüber und dann die Straße hinunter. Es ist schon Viertel nach elf, und Cheyenne ist noch nicht da. Zugegeben, ich bin erleichtert. Sie ist bestimmt eine Zicke. So habe ich zwar kein Interview, aber auch keine Cheyenne, die ich wieder mit Jona zusammenbringen kann. Das war sowieso die dümmste Idee von allen. Doch dann sehe ich sie.

Wow. Ehrlich.

Sie ist auf der anderen Straßenseite, und weil sie mich bestimmt nicht erkennt, hebe ich die Hand und winke. Ich weiß sofort, dass sie es ist, obwohl ich eine komplett andere Vorstellung von ihrem Auftritt hatte. Irgendwie eleganter. Sie trägt eine weite Jogginghose, ein T-Shirt mit Aufdruck und Turnschuhe und lächelt breit, als sie mich sieht.

»Ronja?«

Ich nicke, sie kommt auf mich zu, umarmt mich und gibt mir dann die Hand. Ihr Make-up ist perfekt, ihre Zähne, alles. Perfekt und lässig zugleich. Ich verstehe Jona, in dieses Mädchen muss man sich verlieben.

Sie schüttelt ihre langen, dunklen Locken. »Sorry, I'm late.«

»No prob«, sage ich und wundere mich, wie leicht es mir fällt, Englisch mit ihr zu reden.

»I like your ombré.«

Sie mag meinen Ombré-Style. Hey! Sie ist die Erste, die erkennt, dass mein Haarstyle Absicht ist und keine verunglückte Färbeaktion.

Wir verstehen uns sofort, wobei Cheyenne es einem leicht macht, sie zu mögen. Sie lächelt bei allem, was ich sage. Aber bisher war es auch nur etwas Small Talk über New York, wie toll ich Stadt finde und wie sehr ich mich freue, dass sie mir dieses Interview gibt. Interview. Immerhin habe ich es schon gesagt, auch wenn ich nicht weiß, wie ich von hier zu den schmerzhaften Fragen kommen soll.

# Jonathan

ICH SCHIEBE MEINE HAND unter der Decke vor und taste nach meinem Handy. Elf. Genau jetzt müsste sich Cheyenne mit Ronja treffen. Der Komet auf die Erde treffen und einen Krater in mein Herz reißen.

Was rede ich da?

Heute Nachmittag bin ich vielleicht schon wieder mit Cheyenne zusammen. Sechzehn Uhr, mitten auf der Brooklyn Bridge. Ich muss nur die Zeit bis dahin rumkriegen und dann zum Treffpunkt gehen. So einfach. Aber gerade scheint Aufstehen schon verdammt schwierig.

»Jona?«

Meine Mutter klopft.

»Yeah?«

Die Tür öffnet sich, und sie blinzelt überrascht.

Okay, ich liege noch im Bett. So what? Es sind Ferien. Aber ich kenne den Blick. So sieht sie mich immer an, wenn sie nicht sicher ist, ob das ein gutes Ausschlafen oder eine meiner dunklen Zeiten ist. Doch gerade sollte **ich** mir Sorgen machen. Wieso ist sie nicht bei der Arbeit?

»Warum bist du noch hier?«

»Ich habe mir freigenommen, weil ich gerne ein paar Dinge mit dir besprechen möchte. Frühstück?«

Ein paar Dinge mit mir besprechen. Schon klar. Ich wette, es geht um Hank Californication. Rainer. Ronjas Vater.

»Okay.«

Als ich geduscht habe und in die Küche komme, duftet es nach frisch gemachtem Kaffee und Eiern mit Speck. Das gibt es sonst nur am Wochenende, und ich setze mich überrascht. Mir hätte meine übliche Schale mit Cornflakes gereicht. Wenn ich schon essen muss.

»Magst du einen Kaffee? Die Eier sind gleich fertig.«

Will meine Mutter jetzt nur noch Deutsch mit mir reden? Die Sprache erinnert mich an Ronja.

Sie stellt die Pfanne auf den Tisch. Der Duft haut mich um, aber ich will nicht bestochen werden. Oder zumindest nicht sofort, also löse ich meinen Blick von dem brutzelnden Speck und sehe meine Mutter an.

»What's going on?«

Sie lächelt verlegen, aber ich weiß es auch so. Die glänzenden Augen, der versonnene Blick. So sieht man aus, wenn man verliebt ist. Auch wenn man diesen Gesichtsausdruck nicht unbedingt bei seiner Mutter erwartet.

»Es ist etwas passiert, Jona. Mit mir. Ich habe es nicht erwartet, es ist nichts, an was ich auch nur im Entferntesten gedacht habe, als die beiden hergekommen sind.«

Okay, da kann ich zustimmen.

»Weißt du, Jona, es ist so grandios, wenn jemand deine private Situation und deine berufliche versteht. Deine Leidenschaften teilt.«

Stimmt.

»Dass er auch Journalist ist und weiß, wie mein Alltag abläuft. Artikel bis spät in die Nacht schreiben und dann der Haushalt als Alleinerziehende. Es tut so gut, sich mit jemandem auszutauschen, der das alles kennt. Wir passen so gut zueinander, und ihr versteht euch doch auch gut.«

»Wer?«

»Du und Ronja.«

»Hä?«

Ich habe keine Ahnung. Verstehen wir uns? Sie macht mich verrückt. Treibt mich in den Wahnsinn. Bringt mich um.

Meine Mutter nimmt die Pfanne und legt mir Speck und Eier auf den Teller. »Doch, sie mag dich. Das sieht man.«

»What?«

»Natürlich. Und gestern Abend, als du bei Taylor warst, hat sie mir von deinen Collagen erzählt. Wie toll sie die findet.«

Die Collagen, die zerknüllt im Müll liegen. Mein altes ICH.

Meine Mutter setzt sich, strahlt mich an. »Wir haben uns lange darüber unterhalten. Die Bilder, die Motive. Wie du Stimmungen einfängst. Sie hat mir erzählt, dass sie auch noch eine analoge Kamera hat und bis vor Kurzem nur damit fotografiert hat. Ich denke, ihr habt viel gemeinsam.«

Ist das so?

Ich esse die Eier, ich esse den Speck. Pappe royal. Vielleicht wird mein Geschmackssinn ja nie wieder zurückkehren. Dann stehe ich auf.

»Ich gehe noch zu Taylor in die Werkstatt. Kann ich dein Fahrrad noch mal nehmen?«

»Oh, okay, ja!«, sagt meine Mutter. »Ich bin hier. Den ganzen Tag.« Sie lächelt verlegen. »Um zu arbeiten.«

Natürlich. Und Rainer arbeitet im Wohnzimmer. Alles klar.

»Told you«, brummt Taylor, während er sich die Werkzeuge zurechtlegt.

Ich sehe ihm wie immer bei der Arbeit zu. Oder unterhalte ihn mit den neuesten Geschichten, die meine Mutter erzählt hat, aber das ist eben mein Job hier. **Told you?** Er hat also die ganze Zeit gewusst, dass Ronja mich mag. Na und? Mögen, was heißt das schon? Ich mag Cornflakes und mein iPhone und lange Ausschlafen und Sonne und gute Witze, das heißt gar nichts.

»It means something …«, sagt Taylor, der mir jetzt bitte nicht erzählen soll, dass er jemals seinen Schraubenschlüssel für ein Mädchen weggelegt hätte, das ihn nur mag.

Er hockt vor dem geöffneten Motorraum des VW Käfers, an dem er immer arbeitet, wenn er einen freien Tag hat. Ich habe ja den Verdacht, dass es ein heimlicher Auftrag meiner Mutter ist, das Auto zu meinem sechzehnten Geburtstag fertig zu machen, aber Taylor und meine Mutter schweigen eisern darüber.

»Cute!«

Ich weiß, dass er das Auto meint, und klar, er hat recht.

*Cute* – knuffig, schlau, aufgeweckt. Warum fällt mir jetzt Ronja ein? Und klar kann man das über ein Auto und ein Mädchen sagen.

Taylor setzt die letzten Zündkerzen ein und nickt zum Fahrersitz. Ich verstehe, jemand muss den Wagen starten. Okay, gerne! Mann, ich liebe diesen alten Käfer. Auch wenn ich eigentlich heute Morgen beschlossen habe, mir einen ganz typischen amerikanischen Wagen zu holen, wenn ich meinen Führerschein habe. Wie alle anderen. Was ein wunderbarer Plan ist, denn er passt zu allem anderen. Zu Instagram und der digitalen Kamera, zu Cheyenne und dem Neubeginn unserer Beziehung.

Ich steige in den VW, trete auf die Kupplung, kuppele aus und drehe den Zündschlüssel. Einmal, zweimal, doch ich höre nur ein quälendes Durchdrehen. Das ist das Problem mit alten Autos. Sie sind eigenwillig. Taylor winkt, und ich warte, bis er die eine Zündkerze erneut herausgenommen und gereinigt hat. Und drehe wieder am Zündschlüssel. Nichts. Echt jetzt, ich sage es ja. Ein ganz normales amerikanisches Auto. Das ist der Plan.

»With passion!«, ruft Taylor.

Mit Leidenschaft? Na gut. Ich schließe die Augen und stelle mir vor, wie ich mit dem VW durch Brooklyn fahre. Mit Ronja. Irgendwie passt sie zu dem Wagen. Eigenwillig, besonders, cute. Ups! Der Motor rasselt, springt an, und Taylor reißt die Arme hoch. Wie ging das jetzt?

Aber der Käfer läuft, und Taylor übernimmt das Steuer. Nach einer kleinen Runde um die Werkstatt stellt er ihn wieder auf den Hof und macht Schluss mit der Arbeit. Heute kocht er für seine Brüder.

Kurz darauf sind wir bei Taylor in der Küche. Er öffnet zwei Dosen Ravioli und macht sie warm, während ich den Tisch decke. Seine Brüder sitzen schon mit hochgestelltem Besteck am Tisch und diskutieren aufgeregt die neuesten Videospiele. Kids eben. Die Zeit ist vorbei, sage ich mir, ich werde erwachsen.

Noch zwei Stunden, dann treffe ich mich mit Cheyenne. Wenn Ronja mir bis halb vier keine SMS geschickt hat, dann läuft alles wie geplant. Ich stelle Gläser auf den Tisch und gieße Cola ein.

»I don't drink coke!«

Ach ja. Jason gehört zu den wenigen Jungs, die ich kenne, die Cola nicht mögen. Irgendwie bin ich abgelenkt. Ich ziehe sein Glas zu mir, schenke ihm Wasser ein. Taylor verteilt die Ravioli, und ich starre auf die gelben Teigtaschen in der braunroten Soße. Es ist nicht so, dass ich Ravioli nicht mag, aber gerade kriege ich keinen Bissen herunter. Wenn das so weitergeht, werde ich verhungern.

# Ronja

JONA HATTE RECHT. Man muss dicht gedrängt anstehen und warten, bis man zum 9 / 11 Memorial kommt, es ist wirklich sehr voll. Und nicht nur das. Cheyenne und ich müssen durch zwei Sicherheitskontrollen, bei denen unsere Taschen durchleuchtet werden und wir wie auf dem Flugplatz mit Metalldetektoren abgesucht werden. Ich muss sogar meine Wasserflasche abgeben, und wir zeigen alle fünf Minuten unser Eintrittsticket vor. Paranoia, aber hier vermutlich angebracht.

»Ich war erst einmal hier am Memorial und noch nie im Museum«, sagt Cheyenne mit einem Akzent, der anders klingt als das Englisch von Jona und Taylor. Ich frage sie danach.

»Yeeeah! Taylor ist Brooklyn, und Jona … the German.« Sie lacht.

Wir betreten den weiten Platz mit den zwei riesigen Stahlbecken. Endlich ist genug Raum für uns, und die Menge verteilt sich schnell, trotzdem gibt es nur ein Ziel. Alle drängen an das erste Becken. Es ist eine Art Brunnen, denn Wasser fließt entlang der Randflächen in ein riesiges Becken und von dort in eine große Öffnung im Boden, in der es verschwindet und wieder hochgepumpt wird. Wir stellen uns an die angeschrägte Kupferumrahmung des Beckens, in die alle Namen der Opfer eingefräst sind. Ich streiche mit den Fingern darüber und frage Cheyenne, ob ihr Vater und Großvater hier auch eingetragen sind. Sie nickt und zeigt rüber zur anderen Seite des Beckens. »Irgendwo dort.«

»Wollen wir hingehen?«

»Heute nicht«, sagt sie, und ich verstehe. Sie war schon dort.

Wir beugen uns über den Rand und sehen dem Wasser zu, das in die Tiefe fällt.

»Wie ein Wasserfall«, sagt Cheyenne, und ich nicke. Ich habe viel über das Memorial gelesen, mir Bilder angesehen und Videos, aber es live zu sehen ist anders. Mit einem Ohr höre ich, wie ein Mann neben mir seinem Sohn erklärt, weshalb das Memorial gebaut wurde. Eine Geschichte, unglaublich und brutal. Wenn man am Rand des Beckens steht, versteht man das. Hier stand einer der höchsten Türme der Welt und ist nun verschwunden. Kein YouTube-Video kann das Gefühl vermitteln, hier mit lauter anderen Menschen an der Gedenkstätte zu stehen.

»Du willst sicher etwas über meinen Vater und Großvater wissen«, sagt Cheyenne.

»Gerne.«

Eigentlich wollte ich unser Gespräch aufnehmen, aber es ist viel zu laut, und auf einmal ist es genau richtig, dass wir uns hier unterhalten. Es kommt mir so vor, als ob das Wasser ihre Worte nach unten ziehen und waschen würde, damit sie nicht mehr so schmerzhaft sind.

»Ich war ja noch ganz klein und kann mich an nichts erinnern. Ich weiß nur, was meine Familie mir erzählt hat. Wir wohnen in Brooklyn, mein Vater arbeitete bei der Feuerwehr in Brooklyn. Er fuhr natürlich zum Einsatz, und auch mein Opa, obwohl er keinen Dienst hatte. Es war einfach klar, dass sie hinfuhren.«

»Du erinnerst dich nicht an deinen Vater und deinen Opa«, sage ich und denke an meine Mutter. Ich habe eine Erinnerung an sie, auch wenn sie immer mehr verschwimmt.

»Nein, ich kenne nur Fotos von ihnen.«

Cheyenne starrt in das riesige Becken. »Und ich weiß, dass sie im Nordturm umgekommen sind.«

Also hier.

»Wollen wir noch in das Museum gehen?«, frage ich, denn ich würde verstehen, wenn Cheyenne keine Lust darauf hätte, nun mit mir sieben Stockwerke unter die Erde in das 9/11 Memorial Museum zu fahren, um in jedem Raum an den Tod ihres Vaters und Großvaters erinnert zu werden.

»Ich sollte, oder?«, sagt sie unsicher.

»Nur wenn du willst. Wir können ja gehen, wenn es dir zu viel wird«, schlage ich vor, und sie nickt.

Wir betreten den Glaspavillon des Museums, das unterirdisch zwischen den beiden Fundamenten der Zwillingstürme angelegt ist. Mit einer Rolltreppe fahren wir sofort nach unten, vorbei an einem hoch aufgehängten riesigen verbogenen Stahlträger des Nordturms, der oberhalb der Treppe hängt.

»Wo kommst du her?«, fragt mich Cheyenne, als wir in das Museum fahren und das Tageslicht immer mehr abnimmt.

»Berlin.«

»Germany!« Sie nickt. »Like Jona.«

Mehr reden wir nicht, und ohne uns groß abzusprechen, gehen wir am Ende der Rolltreppe zu den Betonstufen, die Teil der Ausstellung sind und neben denen man noch tiefer in das Museum absteigt. Cheyenne liest das Ausstellungsschild, aber ich weiß es auch so. Über diese 38 Stufen eines Gebäudes in der Vesey Street haben sich Hunderte aus den Türmen gerettet, bevor die Gebäude einstürzten. Jetzt heißt sie Überlebenstreppe.

Wir kommen in eine große Halle, und ich halte die Luft an. Hier ist nicht nur ein riesiger Teil der Radioantenne des Nordturms ausgestellt, sondern auch ein halb zertrümmerter Feuerwehrwagen. Cheyenne geht sofort auf den Wagen zu, und wir lesen gemeinsam die Tafel. Alle elf Feuerwehrmänner des Einsatzwagens befanden sich im 35. Stock des Nordturmes, als er einstürzte und sie unter sich begrub. Keiner überlebte. Ich sehe zu Cheyenne, deren Gesichtsausdruck ernst und verschlossen ist.

»Er war auf einer anderen Station«, sagt sie ruhig.

Ich möchte ihr gerne sagen, wie sehr es mich beeindruckt, dass die Feuerwehrleute ohne zu zögern ihr Leben aufs Spiel gesetzt haben, aber dann schweige ich nur. Eigentlich gibt es dafür keine Worte, der zertrümmerte Wagen sagt alles.

»Sollen wir weiter?«, frage ich sie vorsichtig.

Sie nickt stumm und geht zielstrebig an die »Wall of faces«

in der Memorial Hall. Eine ganze Wand voll mit den Fotos der Opfer. Über ein Display kann man ihre Namen eingeben und etwas über ihr Leben, ihre Geschichte, wie sie umgekommen sind erfahren. Ich lasse Cheyenne allein, als sie die Namen ihres Vaters und Großvaters abruft, und warte vor einer großen Wand mit blauen Kacheln. Sie ist bestimmt über zwanzig Meter lang und sechs Meter hoch, und quer über die ganze Wand steht ein Spruch von Vergil.

**No Day shall erase you from the Memory of Time.**

Kein Tag soll dich aus dem Gedächtnis der Zeit löschen.

In der Wand sind zwei waagerechte Schlitze, dahinter ist es dunkel. Mir fällt ein, was ich über den Raum dahinter gelesen habe. Dort liegen die nicht identifizierten Leichenteile von über tausend Opfern. Das Mausoleum. Viele Angehörige waren nicht einverstanden mit dieser Entscheidung. Sie nennen diese Art des Gedenkens eine Freakshow. Allerdings hat niemand Zugang zu den Räumen hinter der Wand. Nur Gerichtsmediziner und Angehörige. Jetzt kann man sich nur vorstellen, was dahinter ist. Ich frage mich, wie ich das beklemmende Gefühl in Worte fassen soll. Ob ich es überhaupt noch will?

Cheyenne stellt sich neben mich. Ich sehe, dass sie geweint hat, aber ich tue so, als ob ich es nicht bemerken würde. Sie zeigt auf die Wand.

»Dahinter liegt mein Vater«, sagt sie. »Ich weiß das.«

Ich würde sie gerne fragen, ob sie als Nachfahre von Indianern glaubt, dass ihr Vater als Geist weiterlebt und in ihrer Nähe ist und ob sie seinen Tod für Schicksal hält und manchmal so ärgerlich wie ich ist, dass das geschehen musste, unsere Eltern gestorben sind, aber ich schweige. Es sind die einzigen Fragen, die mich wirklich interessieren, aber hier habe ich nicht den Mut und die Kraft, sie zu stellen, eigentlich bin ich nur noch traurig. Doch der schwierigste Teil der Ausstellung liegt noch vor uns.

Hinter einer Drehtür beginnt ein Ausstellungsteil, vor dem die Besucher ausdrücklich gewarnt werden. Ich sehe Cheyenne an, und sie schüttelt den Kopf. Ich verstehe sie gut.

»Okay, dann gehen wir.«

»Nein, du musst dir das ansehen«, sagt sie. »Du lebst nicht hier, du solltest es sehen. Ich warte draußen.«

Ich blicke ihr hinterher, wie sie den Weg zum Ausgang nimmt. Okay, ich bleibe.

Ich atme einmal tief durch und dann noch mal, aber es bleibt schwer. Will ich das alles überhaupt sehen? Denn ich weiß, was mich hinter der Drehtür erwartet, ich habe es gelesen. Bilder des Anschlags, der Opfer, von den Menschen, die sich aus den Türmen gestürzt haben und endlos lang in den Tod gefallen sind. Persönliche Gegenstände, die man im Schutt gefunden hat. Aber Cheyenne hat recht. Es ist etwas anderes, über Bilder und Gegenstände zu lesen oder sie hier zu sehen, zu erleben. Vielleicht etwas zu verstehen. Nicht nur über diesen Anschlag, sondern überhaupt über die Menschen, das Leben, den Tod.

Als ich durch die Drehtür gehe, wünsche ich mir, mein Vater wäre jetzt hier, ich weiß nicht, ob ich das allein ertragen kann. Ich schicke ihm eine SMS und weiß noch nicht mal, ob sie von hier unten herausgeht.

Der Raum ist zurückhaltend beleuchtet. Auf den ersten Blick wirkt es wie eine ganz normale Ausstellung. Wären da nicht die Stimmen. In Vitrinen liegen Tausende von Gegenständen der Opfer: Brillen, Uhren, Eheringe, Schuhe, die mit hellem Staub bedeckt sind. Zettel von Menschen, die nach ihren Angehörigen gesucht haben. Bilder von Menschen, die sich aus den Türmen gestürzt haben, um nicht zu verbrennen. Und dann aus dem Dunkel die Stimmen von Opfern aus den Türmen oder den Flugzeugen, kurz vor dem Aufprall. Das ist das Schlimmste. Eine letzte Nachricht auf dem Anrufbeantworter:

»Honey, I love you.«

Ich drehe mich um und gehe.

Ich bin froh, dass draußen die Sonne scheint, es hell ist und warm. Ich blinzele, sehe Cheyenne auf einer der Bänke sitzen, gehe zu ihr und setze mich neben sie.

Ich habe vergessen, was ich Cheyenne fragen wollte, was ich nach diesen Eindrücken überhaupt sagen kann. Hier draußen auf dem Memorial-Platz ist alles so friedlich, doch darunter liegen die Erinnerungen. Cheyenne legt ihren Arm um mich und hält mich. Und ich weine, obwohl ich mich bis zu diesem Zeitpunkt gut beherrschen konnte. Und bei dem Anschlag niemanden verloren habe. Aber dies hier geht alle an. Auch mich.

# Jonathan

**»HAST DU KEINE ANGST,** dass sie sich die Augen auskratzen?«, sagt Taylor, als wir nach dem Essen oben bei ihm auf dem Zimmer sind. »Vielleicht kämpfen sie um dich, reißen sich die Kleider vom Leib und so.«

Oh, na klar. Typische Taylor-Phantasie. Ich sehe gerade etwas anderes vor mir: Ich allein auf der Brücke. Cheyenne kommt nicht, weil Mr Muskelpaket ihr ein besseres Angebot gemacht hat. Oder sie kommt, aber nur, weil Ronja darauf besteht. Ich weiß ja, wie hartnäckig sie sein kann. Ronja …

»Jona!« Taylor schnippt mit seinen Fingern vor meinem Gesicht.

»Willst du **so** zu einem Date gehen?«

»So?«

»In diesen Klamotten.«

»Und wieso Date?«

Taylor stöhnt. »Hör mal, wir sind in Amerika. Da trifft man sich nicht mit einem Mädchen in T-Shirt und Jeans, wenn man es ernst meint.«

»Sondern im Anzug, oder was? Ich will ihr doch keinen Antrag machen.«

»Aber so etwas Ähnliches.«

»Ja?«

»Ein Wiedervereinigungsangebot. That's a big thing!«

Ich fahre mir durch meine Haare, die ich noch nie in den Griff bekommen habe, sehe an mir herunter und finde mein Outfit eigentlich ganz okay. Wie immer eben. Ich zucke mit den Schultern. »So bin ich nun mal.«

»No, you're not«, sagt Taylor, geht zu seinem Schrank und wirft mir ein weißes Hemd zu.

»Try it on!«

Okay, gut, ich ziehe es an, denn mein T-Shirt ist verschwitzt, das müsste ich sowieso wechseln, und ich habe keine Lust, nach drüben zu gehen und meine Mutter und Rainer wieder zu überraschen. Wirklich nicht!

Ich knöpfe das Hemd zu und weiß jetzt auch endlich, was ich so an Hemden hasse: Es dauert ewig, bis man jeden kleinen Knopf geschlossen hat.

»Und dann noch das hier«, sagt Taylor und reicht mir einen Schlips. Echt jetzt?

Kommt nicht infrage. »No way!«

Taylor kommt auf mich zu, schlingt mir den Schlips um den Hals und knotet ihn fachmännisch zu. Ich wehre mich nicht. Diese ganze Sache kommt mir echt falsch vor, und dann macht es auch nichts mehr aus, wenn ich einen Schlips trage. Ich spiele das nur. Das ist alles gar nicht wahr.

Ich hebe die Hände. »Zufrieden?«

Er neigt den Kopf. Was jetzt noch?

»Blumen?«

Stop it!

»Woher soll ich jetzt Blumen bekommen?«

Ich bin froh, wenn ich es pünktlich zur Brücke schaffe. Ich muss das Fahrrad nehmen, wie soll ich da noch Blumen transportieren?

Aber ich hätte mir denken können, dass Taylor auch in dieser Sache nicht lockerlässt. Taylors Mum liebt Blumen und hat eine wilde Mischung davon im Vorgarten. Er pflückt mir einen Strauß zusammen, und ich hoffe nur, niemand beobachtet ihn dabei. Ich schließe in der Zeit mein Rad vom Zaun, seit dem Ausflug mit Ronja trage ich es nicht mehr ins Haus.

»Tja, gibt es nur noch das Problem mit dem Fahrrad«, sage ich, da ich weiß, dass Taylor ein Mountainbike hat, das er sich aus drei oder vier alten Bikes zusammengebaut und neu lackiert hat. Sein Augapfel. Sein Heiligtum.

Er grinst. »Naaa, das geht schon so.«

»Wirklich?«

Er gibt mir einen Push vor die Schulter. »Devil!«

Moment mal, wer ist hier der Teufel? Er kleidet mich doch neu ein, reißt die Blumen aus dem Vorgarten für ein … Date?

»Good luck!«

Taylor winkt schon, obwohl ich noch vor dem Haus stehe. Es ist halb vier. Wenn Ronja anruft, dann klappt der Plan nicht. Ich muss mich also gar nicht beeilen. Allerdings werde ich zu spät kommen, wenn ich nicht bald fahre.

»Okay«, sagt Taylor, zieht seinen iPod aus der Tasche und reicht ihn mir.

»What? Soll ich ihr den etwa auch noch schenken?«

Langsam habe ich das Gefühl, Taylor sollte sich mit Cheyenne treffen.

»Nein, der ist für dich und geborgt. Für die Stimmung.«

Da ich mit einer Hand die Blumen halte, mit der anderen das Rad, stöpselt er mir die Earphones in die Ohren, drückt auf Play und steckt mir den iPod hinten in die Jeans.

»Country?«, brülle ich skeptisch.

Er reißt einen Ohrstöpsel heraus und beugt sich zu mir. Auf einem Ohr Countrymusik, auf dem anderen seine Stimme.

»Fahr schon! Und sei nett und charmant zu deinem Mädchen.«

Meinem Mädchen? Und natürlich bin ich nett. Ich bin immer nett. Schließlich habe ich nicht angefangen, auf dem Camp mit jemand anderem herumzuknutschen.

Aber warum – damn! – denke ich jetzt an den Kuss mit Ronja?

# Ronja

**CHEYENNE UND ICH** sitzen in einem *Starbucks* ganz in der Nähe des World Trade Centers. Egal, wohin man in New York geht, ein *Starbucks* ist immer in der Nähe, und das ist gut, denn hier gibt es WLAN und eine Toilette, und beides werde ich gleich brauchen.

Ich spendiere Cheyenne einen großen Himbeer-Smoothie, low fat, ohne Sahne, und hole mir selbst einen Kaffee und eine Flasche eisgekühltes Mineralwasser, doch als wir zusammen am Fenster sitzen, drehe ich den Kaffee nur in der Hand und lasse ihn kalt werden, während ich überlege, wie ich Cheyenne von **dem Plan** erzählen soll. Sie plaudert höflich und entspannt. Endlich jemand, der redet! Ich mag sie, und unter normalen Umständen würden wir bestimmt Freundinnen werden. Aber das sind keine normalen Umstände.

»Und Jona ist dein Halbbruder oder Stiefbruder?«, fragt sie, und ich schrecke hoch, als ich seinen Namen höre. Jona!

»Stepbrother. Sort of …«, sage ich und bin froh, dass sie seinen Namen schon mal erwähnt hat, dann muss ich das nicht machen.

Ich räuspere mich und nehme doch einen Schluck vom Kaffee, der schnell kalt geworden ist und mein Herz noch schneller schlagen lässt.

»Jona und du … ihr hattet ein paar Probleme, oder?«, frage ich vorsichtig.

Cheyenne zieht die Augenbrauen hoch und sieht mich fragend an. Redet man in Amerika nicht offen über so etwas?

»Also, er meinte, ihr habt jetzt so eine Art Beziehungspause.«

Die Augenbrauen schießen noch etwas höher.

Ist es mein Englisch, oder verstoße ich gerade gegen alle Regeln des amerikanischen Small Talks? Vermutlich beides. Ich sollte es einfach sagen, dann ist es heraus, und ich habe meinen Teil der Vereinbarung erfüllt.

»Er würde dich gerne treffen. Heute.«

»Why?«, sagt Cheyenne mit einem vollkommen überraschten Ton und vermutlich auch, weil sich die Augenbrauen nicht höher ziehen lassen.

»To build up your relationship again.«

Das habe ich mir vorher mit Google Translater übersetzt, aber nach Cheyennes Gesichtsausdruck zu schließen ist es falsch, ganz falsch, alles falsch. **Die Beziehung wiederaufbauen.** Das heißt bestimmt ganz anders.

Cheyenne starrt mich an.

»Second chance?«, frage ich vorsichtig.

»But …« Cheyenne wird rot. »Wir haben uns getrennt. Auf dem Camp. Ich bin … also, ich bin jetzt mit Matt zusammen.«

Ich spüre ein Gefühl im Magen, das mir sehr vertraut ist.

Ein flaues Gefühl, als ob man etwas Verdorbenes gegessen hätte oder viel zu früh morgens aufgestanden ist. Das Gefühl, das ich hatte, als Till mich abgewiesen hat. Abgewiesen und nicht ignoriert, denn das war es. Er wusste genau, dass ich etwas von ihm will, und er wollte nichts von mir. Wie Cheyenne jetzt nichts von Jona will, und ich spüre es, als ob ich Jona wäre. Sein Schmerz ist mein Schmerz.

Ich gehe zur Toilette, eine Flucht. Ich muss anstehen und kann mir schon ausrechnen, dass ich nicht viel Zeit haben werde, aber ich kann doch nicht mitten im Café unter allen Leuten mit Sonja skypen.

Als ich endlich die Tür hinter mir schließe, wähle ich sofort Sonja an. Bei ihr ist es jetzt früher Abend, und ich habe Glück, sie meldet sich sofort.

»Wo bist du?«

»In einer Notfallsituation.«

»Sieht eher nach einer Toilette aus.«

»Ich sage doch Notfall.«

Sonja hebt entschuldigend und abwehrend zugleich die Hände.

Ja, sorry, ich habe jetzt keine Zeit und Nerven für Scherze.

Ich schildere ihr kurz die Lage.

»Na, ist doch bestens«, sagt sie entspannt.

»Was ist daran gut? Es wird Jona das Herz zerreißen.«

Sie grinst. »Hauptsache, dein Herz bleibt heil.«

Mein Herz? Wo ist das überhaupt hin verschwunden? Wenn

ich an die Stelle spüre, dann ist da nur eine schmerzhafte Sehnsucht. Aber die ist eigentlich schon da, seit wir beschlossen haben, Geschwister zu sein.

»Und was soll ich jetzt machen?«

»Ihn anrufen?!«, sagt Sonja mit diesem Tonfall, als ob das ja wohl sonnenklar wäre.

»Oh nein! Das kann ich ihm nicht antun. Doch nicht einfach so am Telefon. Das ist wie Schluss machen per SMS.«

»Mein Gott, er wird darüber hinwegkommen. Es war doch eh nicht sehr wahrscheinlich, dass Cheyenne noch etwas von ihm will.«

»Ach ja?«, zische ich.

»Mannomann. Du verteidigst ihn wirklich wie eine Schwester«, sagt Sonja und lacht. »Dann überzeug doch Cheyenne, hinzugehen und ihm das alles selbst zu erzählen. Immerhin gibt es da ja wohl eine Kommunikationsstörung, und das ist nicht dein Problem.«

»Überzeugen?«

Auf Englisch? Und dann bin ich sicher die Letzte, die Cheyenne ermutigen kann, Jona persönlich abzuweisen. Ich weiß, wie sehr das wehtut.

Jemand klopft an die Tür. Logisch, sie hören mich von draußen reden und wissen, dass ich keines der hier üblichen Geschäfte zu erledigen habe.

»Ich weiß nicht«, flüstere ich.

Sonja legt den Kopf schief. Nachdenklich, nachsichtig mit mir, ihrer chaotischen Freundin.

»Ronny, du bist eine Meisterin im Überreden. Du hast

mich überredet, für Mathe zu lernen, und ich habe es nicht nur getan, sondern sogar eine Drei geschrieben. Deinetwegen!«

»Das ist doch kein Vergleich. Aber, okay, ich versuch es. Danke.« Es klopft heftig gegen die Tür. »Ich muss jetzt Schluss machen«, sage ich, logge mich aus und drücke auf die Spülung.

Ich bin fest entschlossen, Cheyenne direkt zu Jona auf die Brooklyn Bridge zu schicken. Immerhin ist es schon halb vier, wenn sie nicht geht, muss ich ihn anrufen, und das ist mindestens genauso schlimm.

Cheyenne sitzt auf ihrem Platz, kontrolliert ihr Aussehen in ihrem Smartphone, sieht dann auf und mich überrascht an.

Okay, schon klar. Ich gehe in den Waschraum und sehe beim Zurückkommen genauso verstrubbelt und verschwitzt aus wie vorher. So bin ich eben.

»Cheyenne?«

»I have to go«, sagt sie und schiebt sich von dem Barhocker.

»Aber …«, setze ich an.

»Matt is waiting for me.«

Matt wartet. Und was ist mit Jona?

Sie nimmt ihren Smoothie-Becher und trägt ihn ordentlich zum Restmüll. Ich bin einen Moment wie paralysiert und sehe ihr nur nach, ihre frisch aufgekämmten Locken, starre auf ihre vom Lipgloss glänzenden Lippen, als sie zurückkommt. Sie reicht mir die Hand.

»Danke, das war ein toller Tag.«

Ach ja?

Ich halte ihre Hand, bis Cheyenne sie vorsichtig zurückzieht.

»I have to go!«

No, no!

Sie winkt. »See ya!« Und verschwindet nach draußen.

Okay, ich muss eine Entscheidung treffen.

Zurück auf der Straße, schlägt mir die Hitze entgegen. Im klimatisierten *Starbucks* habe ich vergessen, wie warm und schwül es draußen ist. Tropisch. Ich nehme die Mineralwasserflasche, die ich mir gekauft habe, und gieße mir etwas Wasser in die Hände, verreibe es im Nacken und im Haaransatz. Es ist Viertel vor vier, ich muss Jona anrufen. Dringend.

# Jonathan

**FÜNF VOR VIER.** Ich stehe auf der Brooklyn Bridge am vereinbarten Treffpunkt und höre Countrymusik. In einem weißen Hemd, mit Schlips. Auf der Mitte. Bei der Tafel, auf der die Stadt New York dem Ingenieur Roebling und seinem Sohn dankt. Und fühle mich schlecht. Was mache ich hier? Mein Vater hat mir erzählt, dass John A. Roebling eigentlich Johann August Röbling hieß, aus Erfurt stammte und Deutscher war. Tja, ein Deutscher hat diese Brücke gebaut. Trotzdem fühle ich mich bei dem Gedanken nicht besser. Schon gar nicht, wenn ich an die Geschichte denke, die mir mein Vater dazu erzählt hat. Old John Roebling hatte nämlich, während er überlegte, wo die Pfeiler der Brücke stehen sollten, einen Unfall. Fuß eingequetscht von Fähre, Tetanuserkrankung, Tod. Darauf übernahm sein Sohn Washington die Bauführung, bekam allerdings bei Senkarbeiten an einem der Brückenpfeiler die Taucherkrankheit, konnte nicht mehr sprechen und saß im Rollstuhl. Und wer sorgte dann dafür, dass es weiterging? Seine Frau Emily. Kein Ding. Sie soll dann auch als Erste über die Brücke gegangen sein. Irgendwie scheint es mir also kein so gutes Omen zu sein, dass die Brücke der Treffpunkt für Cheyenne und mich ist. Nicht so gut für Deutschamerikaner. Besser für Amerikanerinnen.

Habe ich Ronjas Anruf vielleicht überhört? Ich setze die Earphones ab und stecke sie in meine Hosentasche, setze mich auf eine der Bänke und hole mein iPhone heraus. Kein Anruf. Nichts. Soll ich einfach Ronja anrufen und fragen? Nein. Nein. Nein. Ganz schlechte Idee. Wenn ich ihre Stimme höre, drehe ich durch.

Habe ich die Sache vielleicht falsch verstanden? Dieses ganze Wie-in-der-Serie-Ding? Ich google: **sex and the city, brooklyn bridge, reunion.**

Ich rechne nicht damit, dass ich das Video finde, aber es klappt sofort. Wow. Eine Minute dreißig, und alles schon perfekt zusammengeschnitten. Miranda, die auf die Brücke geht und … Steve entdeckt. Trifft. Natürlich. Sie küssen sich und gehen zusammen der Sonne entgegen. Perfekt. Das war gemeint.

Ich sehe auf mein iPhone. Vier Uhr und fünf Minuten, und ich sehe nichts.

Oh, natürlich nicht nichts, sondern Hunderte von Menschen, die in beiden Richtungen hin- und herströmen. Touristen, Jogger, Einheimische, Verrückte, Normale. Aber keine Cheyenne. Ich lege den Blumenstrauß auf die Bank und wische mir die verschwitzten Hände an der Jeans ab. Okay, Jona, so macht man sich lächerlich. Tu einfach so, als ob du nur eine kleine Pause auf dem Weg zu einem Begräbnis einlegst. Begräbnis? Ja, das Begräbnis der Beziehung zu Cheyenne. Ich lockere den Schlips etwas, noch mehr, und reiße ihn mir schließlich über den Kopf. Ich bin kein Schlips-Typ. Und auch kein Hemd-Typ. Lange Arme, enger Schnitt. Ich ertrage es keine Sekunde mehr, dieses Teil zu tragen. Ich knöpfe jeden einzelnen Knopf auf, ziehe es aus und lege es mir über die Schulter. Binde schließlich die Ärmel um meinen Hals. Ein paar Touristen starren mich an.

Okay, wisst ihr was, Leute: egal!

Vier Uhr und zehn Minuten. Ich werde jetzt mein Rad nehmen und zurückfahren. Falls ich es noch schaffe, aufzustehen, denn da ist schon wieder dieses Gefühl – ist nicht alles sinnlos? Die Schwärze, die alles ausfüllt. Mein Herz, meinen Kopf, ich will einfach nicht mehr hier sein. Eine Frau lacht neben mir. Über mich? Nein. Es ist kein hämisches Lachen, eher fröhlich. Erstaunt. Sie schaut Richtung Manhattan und zeigt auf etwas. Jemand neben ihr reckt den Kopf. Ich weiß nicht, warum, aber ich stehe auf. Ein Rest von Interesse an der Welt? Vielleicht.

Auf der Brücke weit hinten machen die Leute Platz und geben den Weg für ein Mädchen frei. Sie rennt barfuß, die Schuhe in der Hand, und trägt ein blaues Kleid. Nicht Cheyenne, denn sie würde niemals rennen, schon gar nicht barfuß auf der Brooklyn Bridge. Ich lege meine Hand über die Augen und blinzele. Wohin will sie? Die Leute suchen die Brücke ab, wo etwas passiert sein könnte, ob sie irgendjemand verfolgt. Nope. Sie kommt näher. Diese Haare! Oben dunkel, unten hell. Mein Herz kapiert es als Erstes und fängt an zu rasen. Ronja!

Was macht sie denn hier? Aber eigentlich ist das egal.

Ich schwenke die Arme, brülle. »RONJA!«

Sie darf mich nicht übersehen. »RONNY!«

Alle Blicke rasten auf mir ein und schnellen dann zurück zu Ronja, die noch zehn Meter von mir entfernt ist und mich entdeckt hat. Sie stoppt, winkt, streicht ihre verschwitzten Haare aus dem Gesicht. Gott, ich liebe sie!

Einige Leute applaudieren, als sie auf mich zukommt. Eine kleine Attraktion, aber es stört mich nicht. Im letzten Moment nehme ich den zerzausten Blumenstrauß von der Bank und halte ihn ihr entgegen.

Sie grinst breit und schnauft erschöpft. »Ich bin so froh, dass du noch da bist.«

Oh ja, ich auch.

»Cheyenne – kann – nicht – kommen.«

Ronja setzt sich außer Atem. Und sieht so cute aus. Die verschwitzten Haare, das leicht verwischte Make-up und das blaue Kleid. Wow. Aber das alles ist nicht wichtig. Oder doch, natürlich ist das auch wichtig. Ich meine nur, es ist nicht das Wichtigste.

Sie hält den zerzausten Strauß in der Hand und blinzelt mich von der Seite an. »Sorry, ich wollte dich anrufen.«

»Sie kommt nicht mehr«, sage ich ruhig.

»Ja, sie hatte noch einen Termin.«

»Nein«, sage ich, und es ist mir wichtig, dass Ronja mich versteht. »Sie kommt nie mehr. Es ist aus.«

Ihre Augen weiten sich. »Das habe ich nicht gesagt!«

»Schon klar. Aber ich weiß es auch so. Schon länger. Und es ist gut so.«

»Really?«

Ich nicke. »Und da ist noch was …«

Ihre Augen werden noch etwas weiter, und an ihrem Blick sehe ich, dass sie weiß, was ich denke.

Ich hole tief Luft. »Du kannst Gedanken lesen.«

»Can I? What are you thinking about?«

Ich mag, wie sie Englisch redet. Ich mag ihren kleinen deutschen Akzent und wie ihre Zunge beim th immer etwas zu lange zwischen den Zähnen bleibt.

»Read my mind«, sage ich.

Wir sehen uns tief in die Augen. Eigentlich wollte ich nur das.

»You wanna fly?«

Wie kommt sie jetzt darauf?

»Why?«

Sie deutet auf das Hemd und grinst. »Dein Cape?«

Oh, klar, das Hemd. Sie macht mich verrückt, echt! Aber was soll ich sagen, ich bin verliebt in sie. Sie ist das coolste Mädchen auf der Welt, und zum Glück ist sie nicht meine Schwester. Ich stehe auf, stelle mich auf die Bank und breite die Arme aus.

»Richtig geraten, Ronny! Ich will fliegen. Und zwar mit dir!«

Sie steigt zu mir auf die Bank. Ihre nackten Füße stehen neben meinen Turnschuhen. Wir sehen beide nach Manhattan. Sie breitet ihre Arme aus, und ich beuge mich zu ihr.

»Bevor wir losfliegen …«

Sie blinzelt. »Ja, was?«

»Ich glaube, die Sache mit Bruder und Schwester wird nicht klappen.«

»Ach«, sagt sie und lächelt. »Was kann denn klappen?«

»Ein Superheldenpaar?«

Sie dreht sich zu mir und legt ihre Arme auf meine Schultern.

»Vielleicht.«

»Maybe?« Hey, ich bin empört.

Sie lacht. »Okay, finde es heraus. Lies meine Gedanken.«

Sie schaut mich mit großen Augen an, und mein Herz spielt verrückt. Ich kann mich auf nichts anderes konzentrieren als auf ihren Blick. Ich weiß nicht, was sie denkt, und wenn ich ehrlich bin, dann bin ich mir sicher, dass ich das nie wissen werde. Aber ich weiß, was ich will. Sie küssen. Ich ziehe sie leicht an mich, und sie lächelt. Klar, **sie** kann Gedanken lesen. Wie gut, dass **ich** fliegen kann. Perfekte Superheldenergänzung!

Pink